新百花散文书系

# 鲍尔吉·原野散文选集

百花文艺出版社

天津出版传媒集团

**图书在版编目（CIP）数据**

鲍尔吉·原野散文选集 / 鲍尔吉·原野著.—天津：百花文艺出版社，2011.10(2021.4 重印)
(新百花散文书系.当代卷)
ISBN 978-7-5306-5919-9

Ⅰ. ①鲍… Ⅱ. ①鲍… Ⅲ. ①散文集—中国—当代
Ⅳ. ①I267

中国版本图书馆 CIP 数据核字(2011)第 201935 号

**鲍尔吉·原野散文选集**
BAOERJI·YUANYE SANWEN XUANJI
鲍尔吉·原野　著

---

**选题策划**：靳立华　汪惠仁
**责任编辑**：张　森　　**整体设计**：刁子勇
**出版发行**：百花文艺出版社
**地址**：天津市和平区西康路 35 号　**邮编**：300051
**电话传真**：+86-22-23332651（发行部）
+86-22-23332656（总编室）
+86-22-23332478（邮购部）
**网址**：http://www.baihuawenyi.com
**印刷**：天津新华印务有限公司
**开本**：787×1092 毫米　1/16
**字数**：194 千字　**插页**：4
**印张**：16.75
**版次**：2012 年1 月第1 版
**印次**：2021 年4 月第5 次印刷
**定价**：34.00元

---

如有印装质量问题，请与天津新华印务有限公司联系调换
地址：天津东丽开发区五经路 23 号
电话：(022)58160306
邮编：300300

# 自序

如果拿一个人的雄心和跟他的实绩相比，多数人都是失败者。

如果一个人只觉得成功而没发现自己才能或手艺的有限性，说明他还是一个初学者。

写作者刚开始写，常以为自己面对着大海，感觉自己劈波斩浪。多少年过去，回头一瞧，才知道面对的不过是池塘，或一条小溪。

法文的“诗”(poesie)来源于希腊文“poiein(创造)”。如果文学的根本在于创造，作家穷其一生能有多少创造呢？一个散文家面对与创造有关的文学池塘与小溪，已经很富有了，甚至非常富有。然而并不是很多作家有水可待，所临可能只是一道道水流的痕迹。谁是海？谁是池塘小溪？谁是水痕迹？这是作家自己回答不出的问题。人知晓，魔术师手疾眼快，可时间的魔术师动作太慢，但戏法总会变出来，说出谁是谁、什么是什么。那时候，水痕与大海跟作家早已没什么干系。

除了生孩子，人并不具有创造的才能。文艺家的作品多在模仿大自然以及自己的同类，这种模仿由因袭而来，由自觉而入不自觉，等同任何一种习惯。

而作家创作，倘遇老天眷顾，也许会给他留出机会说自己想说的话——如果他有自己的话的话。这些话是他在文学中留下的仅有的东西。

眷顾与机会——这个含含糊糊的说法里包括了时代的允许、时代的声音、时代的磨炼与时代的漫长考验。对散文家来说，机会是他怀揣着一颗纯真的心灵，这也许是唯一的通行证。好的散文家手里攥着最好的语言，他从不为语言发愁。而在珍珠玛瑙的语言材料里，他只挑石子般的朴素之物使用。没错，散文家要有丰富的阅历，他的职责是向别人讲述自己体验和感受。没阅历而靠书本写作的散文家是用化学方法调制大骨高汤的作坊主，他们的见解未必不好，但没有 poiein（创造）。在心灵、语言和阅历之外，为蒙上天垂注，必不可少的准备还包括文学训练。“训练”这个词是一个让人端不住的大词。训练不是比赛，它包括辛苦、绝望、持续不断，不含功利色彩，最后获得修养与风度。体能与技术自然包括其中。而我觉得，散文家的训练刚好不是训练写散文。散文是散文家的比赛项目而非训练项目，散文家的训练是文学训练。人们看到的一些不好看的散文，是它的作者缺乏训练，只比赛。当下文学领域有许多奇怪的现象，其中之一是诗人有训练，小说家有训练，而有一些人拿过来就写，名曰散文。

你如果看一名短跑运动员训练，看到的是他在器械上耐心地练腹肌、背肌、大腿肌肉群，然后才是奔跑。比较而言，他练奔跑的次数比基础训练少得多。

我们都在上帝的目光之下奔跑或写作，上帝是何等挑剔啊！如果上帝也有爱与憎这两种情感的话，他一定厌恶那些投机取巧的人，他赞赏耐心训练每一块肌肉的人。面对于不训练径直参加比赛的人，别说上帝，就连观众都鄙夷之，这种人在今天的散文随笔写作中数量非凡。

散文家的训练是文学训练，这是一个常识，因为世上并不存在散文训练。文学训练是诗意、人物刻画、对风景的移写、再现细部，还有想象与观察。这些训练在诗人、小说与戏剧家中通用，当然也通用于散文家。

如果一个人怀抱纯真的心灵、好的语言、丰富的阅历以及高质量的文学训练，他会变成什么人？对散文家而言，他可能成为新凤霞。

新凤霞不是唱评剧的吗？对。新凤霞是一位好演员，评剧新派的创始人。她还是一位好的散文家。叶圣陶对新凤霞的评价是：善于揣摩体贴人心，洗尽文学腔调。语言朴素干净，经历丰富，作品深印人心。

叶圣陶这五六句话，放在任何一个散文家头上，他都是一个好散文家。那些言必称唐宋元明清的、抄书的、大批判的、文字破裤子缠腿的、谩骂余秋雨并靠模仿博得一条文路的（我称他们为“余蛆”）、潮的、故弄玄大庄严孤绝清冷博学豪迈玄虚的散文写作人员跟新凤霞比起来乃有天壤之别。新凤霞不过以玲珑心、真性情、家常话说出言近意远的人与事而已，从不“故弄”。难道上帝选来选去，就选了一个新凤霞吗？当然还有其他的人，比如兰姆、汪曾祺，多了。各人心目中的好散文家并不一样，但他们都不庸俗。说上帝选中新凤霞写散文也有些啼笑皆非。新凤霞是一位名演员，成名之后才学会写字并写作，“文革”后身体致残，继续绘画写作。只是上天没给她机会写出她最想写的东西，时间对她不够用。新凤霞依然算不上一位大散文家。

老天眷顾谁与老天给谁机会是两回事。心平气和地看待散文经典作品，诗人、小说家的作品多，散文家留下的作品反而少。世上万事都无捷径可走，写散文也不会是从事文学的捷径。较真地说，散文与随笔又不同，相同的只在字数少相仿。散文是文学创作，随笔则写什么均可。如实说，人这一生能写多少篇散文呢？写不了多少篇。所有的创造都会受到限制，才情的、阅历的、思想的、身体的、意志的限制。随笔不过是机械化养鸡，要多少有多少。

写散文是写一篇少一篇。写作者有时会揣摩上帝的用意：还允许我写多少篇呢？这个问题与其问上帝，不如问自己。一个人有多少该写的题材却没写？一个人有多少不该写的东西却写得太多？这些问题谁都回答不上来。我又想起苇岸疑惑过的问题，散文产量的多与少与质量成正比抑或反比？这些事，谁也说不好。每个人对自己的写作都是糊涂人，那些不糊涂的也许连文学的边儿都没挨上。

这篇序到这里就算写完了。

新百花散文书系 当代卷

鲍尔吉·原野散文选集

# 目录

## 在人间

## 老家的人

# 在人间

针

头发记

西伯利亚的熊妈妈

甘丹寺的燕子

对岸的云彩

信任开花

饥饿是所有人的耻辱

爱听二人转的狗

婴儿的梦境多么甜美

小鱼

皮表

鸡冠花

黑酥油与白酥油

寻找鲍尔吉

小米真小

天真

石头流出泉水，心也能

转经筒边土

绿釉百合

雅歌六章

澡堂故事

活在珍贵的人间

阿花蕾

墓碑后面的字

笑的歌声

拉德斯基鼓掌曲

最想依傍的八位高邻

听一听马勒

9月8日下午五点

云良

让高贵与高贵相遇

新百花散文书系·鲍尔吉·原野散文选集

# 针

像母亲领着孩子的手,穿过厚厚的云层。对往昔的追念,让人凝视那些斑驳的岁月,让往事像花朵一样开放,使我们看到静置在老日子最下面那些东西,包括母亲手里的针。

针拿在母亲的手里,当母亲把目光转过来的时候,是关于“家”的最贴切的油画构图。妈妈目光柔和,拿针的时候,她的面庞和姿态告诉人,什么是宁静安详。当母亲专注于膝上一件衣衫的连缀时,把这个画面和其他专注的事情相比:医生专注于伤口,账房先生专注于算盘,士兵专注于瞄准。让人觉得天下最为柔顺善良的人,莫过于母亲了。

针在家里是最小的什物,因此母亲藏针的时候最为认真,不是珍贵,而在它太容易丢失了。这一枚光滑尖锐的利器,却丝毫没用兵刃的悍意。它在刀剪的家族里,也是一个女人,身后总带着索拉。那些绵绵的白线,被它缝在被子,包括膝盖的补丁上,像一串洁白的、小小的足印。在家的王国里,针线与棉花布匹生活在一起,一起述说关于夜,体温和火炕的话语。这些话被水洗过,被阳光晒过。阳光和水的语言被远行的孩子带到了异乡。

我回想下乡和结婚的前一夜,母亲都在灯下缝被子。我想起,那些棉被是早已缝好的,她又是拿出来,加密针脚。加密针脚并没有特殊的用途，谁都不会盖坏一床被。但母亲所能做的只是这些了。在命运面前，她并不能做什么。儿子虽然是自己的，但仍要被命运之手领走，领到远方。母亲的语言与针线的语言一样，绵绵密密但素朴无声。当孩子远行，当柔软的棉被和线一起到达的时候，母亲的手里只剩下一根孤零零的针。

妈妈把它小心收起来，放在炕席下面，或别在布包上，针尖向里。其实儿子大了，已不在身边，已经不用担心他淘气要，刺破手尖。

现在年轻的家庭，恐怕已经找不到针了。城里没有针，没人缝补旧衣。年轻的母亲为孩子准备的是成摞的买来的衣服。在城里，和针一起失去的，还有朴素的诗意和许多难忘的场景。

# 头发记

午后,我到桑园的树荫下歇息,看蚂蚁在水磨石地面上奔走。有的蚂蚁为搬运孩子嘴边掉下的饼干屑忙碌,有的无端忙碌。没有沿一条直线行走的蚂蚁,也见不到哪只蚂蚁在树荫下睡觉。

蜘蛛在空中飘荡,一根看不清的绳索连着碧桃树丫。大风吹得树叶乱响,却吹不断蜘蛛丝。蜘蛛像在浪头上打滚儿、上攀,忽又吐出一段,使自己离树丫更远。在过去,我可能用木棍挑断看不清的蛛丝,现在不干这类事了。

一个四十多岁的男人,在松树下找东西。他盯着地面,态度惶然。

松树下面的草被人踩光了,空出桌子大的地面。理发的女人在这儿营业,下雨天卖雨衣,这儿临近马路。头两天树上挂个牌子,粉笔写的:擦鞋。红粉笔在白字外边勾上弯曲的花边儿,像旧日的饼干那样。后来换了字:算命,没勾花边儿。算命再勾波浪纹,显得命不真实。这是女理发师告诉我的。

这个男人垂首盯着地下,后来双臂撑膝,头更低了。又蹲下,手指抚弄地面。我按捺不住好奇心,想看他看啥。

我无事一般踱过去,脖子不转,眼角扫视他观看的地面:土湿润(上午有雨)、石子半露于地面、碎头发,没了。我无事一般踱回来,坐原来位置，他还在看地面，恨不能钻进地里。

怪了，这算什么爱好呢？新的健身功法？我劝自己别对别人的私事太热心，找那只蜘蛛——我命名的“阿迪力蛛”。

“大哥。”这个男人走过来，步履踉跄，面惨白，嘴唇毫无血色。“大哥，打扰了。你看见上午有理发的吗？”

理发？我说，“理发的没出来，上午下雨了。”

“哦。”他若有所思，在我身边坐下，左手攥一绺头发。

我们并排坐着，我在透明的空气中寻找飞蛛。身边传来抽泣声，他弯腰抽泣。成年人没有晶莹的泪珠，更多的是鼻涕。他一把把擤鼻涕。

“我父亲没了。”他直起腰对我说，“昨天走的。我半夜才知道信儿，从牡丹江上车，到沈阳是今天十一点多了。已经火化了。”

说到这儿，他用掌擦泪。“人说走就走，连一面都不让你见。邻居说，我爹昨天在这儿理过发。”

他握着的左手慢慢松开，摊着一些头发，白的黑的。他说：“就留下这点头发，也不知是不是我爹的。雨水把头发冲没了，剩这些，但愿是他的，怎么也有一点儿。”

我听了震惊，想劝慰却说不出适宜的话。

街上行人络绎不绝走过，他们的父母大多健在。谁知道，老人的生命竟会像花朵被夜雨摧折。到那时，别说奉养，连保留一绺头发都不可得。

# 西伯利亚的熊妈妈

去年夏天，我到南西伯利亚采风，走到小叶尼塞河与安加拉河交汇的一个地方过夜，住在原来的地质队员的营房。房子里茶炊、被褥完好，方糖和旧报纸仍放在那里。二十年了，没人动。

正喝茶，向导霍腾——他是图瓦共和国艺术院的秘书，胡子须永远沾着啤酒沫——说领我们见一个人。

我们开车走进森林，在一幢木房子前，一人远远迎接。

“这是猎人德维·捷列夫涅。”霍腾介绍，“他想见中国人。”

德维·捷列夫涅六十多岁，粉皮肤，楚瓦什人生就三岁婴儿般好奇的眼睛，缺左小臂。这个名，俄语的意思为“两棵树”。

他家墙上挂着熊的头颅标本。熊的眼神像德维一样天真，脸上挂着各种各样的纪念章。它微张着嘴，一边的牙齿断折了，顶戴一只新鲜的花环。

德维在熊面前述说一大通独白。翻译告诉我，“两棵树”对熊讲的话是：“熊妈妈，安加拉河水涨高了一尺，森林里又有五种野花开放，拜特山峰从下午开始变青。”

我听过脊背发紧，太神秘了。

霍腾告诉德维：“中国人给你带来了青岛啤酒，你喝了之后会觉得日本啤酒简直是尿,连洗屁股都不配。而他们是来听故事的,把故事告诉他们吧,中国人都是很性急的。”

德维新奇地端详我和翻译保郎，从箱里拿出五罐啤酒摆齐,“啪啪”打开,一口气一个,全喝光。

“故事,”德维用歪斜的食指在空中划个圈儿,涵盖了弹弓、琥珀珠、地下的木桶和铁床,“它们都是故事。”

“讲熊的故事吧。”保郎说。

“这是熊妈妈的故事。这是我第三次讲这个故事，对中国人是第一次。”德维又喝三罐啤酒。“不喝了,剩下的让野兔养的霍腾喝吧。那一年,我领儿子朱格去萨彦岭东麓的彼列兑抓岩羊。朱格喝了山涧的水之后就病了,估计水里有黑鼬的尿。我们只好住在山上,住了七天,吃光了干肉。野果还没长出来,我们快要饿死了,朱格会先饿死。他身上轻飘飘的像云彩一样,这是我最不愿看到的。”

“那时候动物也没有食物,春天嘛。它们不出来,我打不到猎物。有一天傍晚,运气来了。我在一个岩洞边发现一只熊仔。它饿得走不动了,舔掌、喊叫。我架好猎枪,这时候空气震颤,刚长出的树叶跟着抖——母熊在树后发出低吼,就是它(德维指墙上的标本)。我明白,这时枪口不能指向它的孩子,于是放下枪。母熊转身走了,它走得很慢,也是缺少食物引起的虚弱。我看它走的方向,突然明白,那是我儿子躺着的地方。我摇晃着回去,见朱格躺在地上的树枝上。他看看我,转回头。我手里什么猎物都没有。在离我们十几米远的树后,母熊看着我们。过一会儿,它走了。母熊回来时,带着熊仔,站着看我们。”

“这是什么意思？”保郎问。

“意思是,它们没食物,要饿死了,想吃掉我们。我们也没食物,想吃掉它们。但是,我没把握一枪打死母熊。它会在我装子弹的空隙扑过来。

我可以一枪打死熊仔,母熊也会一掌打死我儿子。然而我有枪,它不敢。”

保郎问:“熊知道枪的厉害吗?”

“当然。熊像你们中国人一样聪明。我们就这样对峙。它们母子、我们父子,静静坐着,谁也不动。我儿子朱格已经昏迷过去了,腹泻脱水,加上饿。我心里懊恼,但没办法。我一动,母熊就会扑向我儿子。”

“母熊的眼睛始终看着我的枪。它的小眼睛对枪又迷惑又崇拜。好吧,我举着枪,走到悬崖边上——我身后十步左右是一处悬崖——在石头上把枪摔碎,扔下去。母熊见到这个情景,头像斧子一样往地上撞,这是感激,我能看到它流出的眼泪。这回公平了,我想,搏斗吧,要不然你们走开,像陌生人那样。”

“熊不走,也不上来扑我们。这下我没办法了,我毁掉枪,表明伤不到你们,还要怎么样?再想,母熊是想为幼仔谋一点食物。为了让它们走,也为了我儿子,我闭着眼用刀把左小臂割断扔了过去。上帝啊!熊仔撕咬我的左臂,上面竟然还有我的手指。你们想不到后面的事情,母熊走过来舔我的伤口。它的带刺儿的舌头舔着上面的血,我闭着眼睛对熊说:吃掉我吧,但别伤害我的儿子。”

“可能我昏了过去,总之被母熊的吼声弄醒。它看着我,然后,疯一样奔跑,从悬崖扑下去。我费了很长时间才弄明白,母熊自杀了。要知道动物从来不自杀,但熊妈妈从悬崖跳下去了。我胆战心惊地爬到悬崖边往下看,母熊躺在一块石头上,嘴和鼻子冒血。它死了。”

德维用残臂抱着头,说了一大段话,保郎翻译不出来。我想问“后来呢?”,没敢也没好意思问。

霍腾说:“告诉他们结局,德维。”

“结局就是,我们活到了今天。我儿子朱格去铁匠家取火镰,明天回来。”

“说熊。”霍腾提示。

“唉!我们吃了熊的肉,活了过来。我又蹚着冰水给熊仔捞来很多鱼,它吃饱走了。熊妈妈(指标本)被我带回来。我的伤口被它舔过之后好了。”德维给熊的嘴边塞一支红河牌香烟,往它头上洒一些啤酒。

“这是哪一年?”我问。

“普京第三次到我们图瓦打猎那年。”

“2006年。”霍腾说。

之后,德维问:中国还有皇帝吗?长城上有酒馆吗?中国女人会生双胞胎吗?我一一作答,却不敢看墙上的熊妈妈的眼睛。为了熊仔,它竟有那么大的勇气。

# 甘丹寺的燕子

燕子,挺着白色的胸脯,在雨前凝止的空气中滑翔,离地面越来越低。艳阳天,它们不知在哪里。

燕子,骄傲又轻盈,恰是少女的特征。在乌兰乌德(布里亚特共和国首都),我见到一只通灵的燕子。虽然有人说燕子全都通灵,但这只燕子有故事。

甘丹寺在乌兰乌德郊区,寺旁密生黄皮的樟子松,夕阳从树缝射入,它们披挂黄金的流苏,倚靠黄绿两色的庙宇琉璃瓦,真是脱俗。

“如果你秋天到这里来,”住持强丹巴说,“树林像包上了金箔。再往后,白雪盖在上面更好看。”

第二次进庙是录一首梵呗。布里亚特蒙古语的喇嘛唱诵,述说人行善得到的从第一到第八十一种好处,生动甚至风趣;多声部,石磬伴奏,和声跟樟子松的香气好像有神秘联系。

大殿上,高大的佛菩萨像从西藏和印度运来,无数铜碗燃亮酥油灯。

强丹巴看一眼手表,“一会儿诵大悲咒,燕子就来了。”

“燕子听经?”

“对。”强丹巴说,“这个燕子不是每天来,初一、十五肯定来,有时住在殿里。村民把家里的酥油灯送进庙里,燕子给他们点灯。”

“点灯？”我以为自己听错了。

“你看，这是灯，灯芯在这儿，对吧？村里人把灯放在佛前，喇嘛用火柴把它点着，对吧？”

“对。”

“这时候燕子从梁上飞下来，喙在这个灯的火上啄一下，放在那灯上，火上有油。特别快，不快就烧着燕子了。酥油灯就点着了，可好了。”

身披绛红大氅的喇嘛陆陆续续进殿，落座。

他说：“燕子该来了。我给它起名叫‘卓拉’，意思是佛灯开的花。你听过大悲咒吗？知道词吗？”

“听过。”我忸怩一下，“记不住词。”

“哦，没关系。其中有一句词燕子随诵，一会儿你听。”

螺号声起，强丹巴领诵，众喇嘛齐诵大悲咒。深浑的低音伴随高低错落的梵语经文，声音吐露无畏纯真。每次听闻，我悉有泪涌。经诵到第二句的时候，一只燕子悄然飞落在梁上，俯首。我想起燕子随诵一事，看，燕子中间好像张一下嘴，我分不清是哪句。燕子在第二遍和第三遍诵经中都张一下嘴。

结束，强丹巴问：“听到燕子念经了吧？”

我老实说：“没听到，它好像张一下嘴。”

“对的。大悲咒开始：南无，哈辣达奈，多辣亚耶，南无，窝力耶，婆卢揭帝，索波辣耶，菩提萨埵婆耶，摩诃萨埵婆耶，摩诃，迦卢尼迦耶，安。”

强丹巴停下来，认真地说：“这是第十二句，安。这时候，燕子张叫：安。”

“它懂经文？”

“懂。能说的就这一句。这个燕子还救过我的命呢。”强丹说。

甘丹寺早先没这么好，只有几间旧僧舍。强丹巴自个儿在这儿修行。

他每诵大悲咒，燕子卓拉就飞来，他们那个时候认识的。一天，强丹巴病了，躺了几天几夜。他要睡，枕边的燕子啄他眼皮，怕他死了，不让睡。后来，强丹巴把僧衣剪下一小条，写上字，对燕子说："卓拉，你可怜我，就把这个红布条送到莲花寺住持僧格的那里。"燕子衔着布条飞走了。不久，莲花寺的僧格骑马来到，吃了僧格的药，强丹巴病好了。

强丹巴说："动物啊、草木啊，都有灵。你用好念头对它，它就对你好，这是常识。"

他说这是"常识"，我却惊讶。我们说话的时候，燕子卓拉在梁上一直露着小脑袋听。强丹巴看它，说："我诵大悲咒，你注意听第十二句。"

"南无，哈辣达奈……安。"

燕子张嘴出声，像"啊"。真乃如此。诵毕，我问大悲咒经文是什么含义。

"除去一句，都是菩萨的名字啊。"

燕子点头，飞出殿外。

# 对岸的云彩

我写作不怎么使用“美丽”这个词，觉得它是给偷懒者或儿童用的。这个词现成、概括，绝对。“美丽”——可以形容女人又形容景色，好像不应该。可是，看到从克孜勒城北面流过的安加拉河的时候，我心里浮出的词就是“美丽”。

对河水而言，“美丽”说河面的温柔丰腴，水鸟追着河水飞翔。杨树倒映在水面，看得清叶子背面的灰。河怕扰乱杨树映象，似乎停流。水面浮走的水泡证明它还在行进。野花十几朵挤在一起摇摆，开成圆筒粉花的风信子，细碎微紫的马钱花，黄而疲倦的月见草花，在岸边伸长颈子观察河水。河水保持着荒凉中的洁净。

九十九条河流注入贝加尔湖，只有安加拉一条流出。它汇合叶尼塞河投奔北冰洋。当地传说，安加拉是贝加尔湖宠坏的女儿，与小伙子叶尼塞私奔了。

我在安加拉河边跑步，脚下是石板、草地或沙滩。跑五公里，到——我也不知这叫什么地方——还在河边，歇息。左面一座高崖，像城墙垒到河边停工。对岸有一处铁道线，偶过蒸汽机车，烟气纠结不散，白得晃眼，像被天空遗弃的私生子云。

仰卧起坐中发现，崖上坐一个姑娘，俄罗斯人，而不是常见的图瓦人。她的象牙色的长裙从膝头垂盖草丛,身边蹲一只黄狗。在旷野里见到一位姑娘,思绪被她牵制,至少对我来说是这样。我做一组这个看一眼她,做一组那个再看,后来索性不活动,看她。因为是早晨,河面的风吹得她的金发微微颤动,她不时把裙子拎起来掖在腿中间。这时,对面一列火车开过来,黑色的货车。姑娘猛地举起一束花(她手里竟有花束),举得高高的,左右摇摆。火车传来汽笛声。

姑娘花束,火车汽笛,中间隔着温柔的安加拉河。我几乎要赞颂,这是意大利电影才有的浪漫。

火车驶远,变小,姑娘举花束的胳膊慢慢落下,黄狗冲火车叫个没完,嫉妒。

我回转到宾馆,其实整整一天,脑子里都在还原这个场景。第二天和第三天,我在河边又看到此景。不同的是,第三天姑娘换了一条天蓝色的裙子。

我原本想登上高崖,路很远。高崖是凸凹的页岩,像中国人说的龙,越近河岸越高,姑娘在龙头上。我在下面仰望吧。

姑娘向火车挥动花束,汽笛回应。花束每天都不一样,紫穗的苋草,橙色的秋萝,菊花般的铁线莲。西伯利亚的野花太多了,采不完。

第三天,我边走边回头看姑娘,竟走进羊群里,吓了一跳。一个图瓦人赶着羊群来到河边,他头上包裹义和团式的红头巾。我对他笑,他回笑。

我指指崖上的姑娘。

牧羊人:“唉,她是瞎子。”

“她不是每天向火车挥手吗?”

“哦,”他瞥一眼我,“开火车的是她相好,当兵的。我见过他们在一起。军人,不一定哪天就走了。”

他用牧羊鞭指前面："你顺着这条小道从崖下绕过去，在桥边，就见到姑娘了，那是她必经之路。"

我来到桥边，不知为什么，心怦怦跳起来。想到她是盲人，安稳点儿。说着，姑娘走过来，手牵黄狗，手臂撩拨眼前的树枝。她走得那么骄傲，双眼在眼窝里闭着，脸上有笑意。我屏息，像仪仗队员一样挺直身子，怕她发现。姑娘走远，红地儿白花的裙子从草丛一路扫过。盲人向火车挥动花束，她怎么采到那么多好看的花呢？

早起，我跑到河边，姑娘已经在崖上，穿一身白衣裙。时间到了，该死的车还没来。

过了半个多小时，火车从地平线出现，是一列绿色的客车，不是黑皮货车。车声渐大，姑娘站起来挥动花束，这捧花比昨天更鲜艳。她挥动，不停地挥动，火车一声不吭地跑远。

姑娘站着，花束贴胸前，看不到她的脸。黄狗朝绿色的客车怒吠，像骂它忘恩负义。

西伯利亚的火车，不一定按时刻行驶，车次也不固定。那个当兵的如果不走，应该让姑娘知道才好，这只是我的想法。后面两天，绿客车天天开过来，不向花束鸣笛，姑娘在火车开走后站立很久。

离开克孜勒那天，别人午睡，我来到高崖上。这一块青石姑娘坐过，下面的青草依偎在她裙边。地上，躺几束枯萎的花束。我拿起一束，迟疑地向空旷的对岸摇一摇，没回应，云彩若无其事地堆积在对岸。摇动中，干枯的花瓣撒落在青石上。

# 信任开花

今年夏天,我在川西的康定城游历,这里是"康定溜溜的城哟"的属地。街上倒没有什么好看。这里时兴拆旧建筑盖新楼,缺少"溜溜"之时的风情,而店铺有好玩的东西。

一是康巴汉子的礼帽,两头掀起,扣在随便什么男人的脑袋上都有几分像英雄。问好价,我付钱,又给老板十元,请他帮我寄给我的外甥。

小老板有点窘迫,或者说,这种信任让他有一些忸怩,如同考验。边上几个人起哄,说:"不要把钱私吞了。"他恼火,瞪这些人,又对我笑,说:"你相信我?"

我用不怎么清澈的眼睛看他清澈的眼睛,说:"怎么会不相信?"

他脸红了,四外看,好像成了人物。接着,抓过一张纸,要把自己的铺号、姓名和身份证号码留给我。我说不用,十元邮资不够,请他垫上。

他大声说:"会,我一定会。"

说着,我和山西作家吕新离开这里,继续看街景。可是我们迷路了,又转到这家店铺门口。小老板见我们,跑出门,说:"我马上就去邮局,刚才有事耽搁了,不好意思。"

我们说:"不是这个意思,转回来了。"

我们转到另一条街,见小老板趴在一个案子上写什么,边上放着绛红的呢帽。他见我们更为吃惊,说:“前边就是邮局,你写的字我有些不认识,请人念一遍,抄下。”

我和吕新颇不自在,想说“我们并没有跟踪你、监视你,巧遇而已”,但说不出口。吕新小声对我说:“咱俩看上去很阴险。”

过了十多天,我继续在川西游历,接到外甥电话,他收到了帽子。接电话时,脑海浮现小老板的脸,十分真切。

在康定城,我还买了一尊木雕,一只玛瑙嘴的大烟枪,准备分送不同的人。我把钱、邮资和地址交给各位老板,包括一位面相诡异的老板,请他们帮我寄出。后来,东西都到了。

回想起来,这三位老板当时都显惊讶,或者说对别人的信任有一些意外。

我心里有数。做这件事并不是什么关于人性的试验,我的钱也没多到率意而为的程度。我只是觉得这些东西一定会寄达目的地。

信任一个人,其实没什么理由,不需要和所谓陌生人认识多久,也不需要研究他们的长相、学历和口音。

我是这笔买卖的受惠者,买了东西又有人帮你寄走。而他们——帮我寄东西的老板,对我心存好感,就像我给他们每人胸前戴了一朵大红花。

信任一个人,就好像说你突然发现了一个好人,而他反过来觉得你好。

# 饥饿是所有人的耻辱

我从向海返回,经通榆县城换火车。

离开车还有十个小时,我胡乱转一转。先转到火车站边一水果摊。大凡车站码头,商贩面颜多含戾气,怎么弄的搞不懂,也可能被汽笛声震的。油桃、小西红柿、南果梨、葡萄,女摊主掀开棉被(实际上是一条褥子),这些水果像画展一样鲜艳夺目,我每样买了一些,想象这些水果进我肚子之后到何处去,变成了什么。记起书里一段话:“人作为高等生物对所吃食物须经消化方可吸收,譬如唾液中酶所发生的作用。而低等生物进食无消化过程。”这时——我交钱刚要走——见一小孩面对水果瞠目。

该小孩身长二尺九寸许(市尺)小学一年级样子,手里拿一件不知其称谓、带线的旧玩具。他的手背、脸颊和脖子附着一层均匀的、化验不出来的物质材料,简称“黑泥釉”,身着大人的旧条绒上衣。而他的眼睛被水果激发光芒,经久凝注,简称“幸福”。

“孩子。”我拿几个水果给他。他缓过神,调头就跑。

这时女摊主发话:“过来。”

这个小孩或称流浪儿、农村留守儿童轻轻走过来。

“接着。”

小孩接过我给的水果。两三个装上下衣兜,手里各握一梨一桃,动作迅捷。他咬一口桃,再啃一口梨,两果并嚼,构成新滋味。他眼望蓝天,果肉在嘴里左移右挪,风光八面。还未咽,小孩唱起歌。咀嚼耽误吐字发声,我没听清歌词。他接着咬、接着唱,残果扔核,再掏出一个紧攥在手里,继而眺望远处的蓝天。刚才忘了交代,通榆县城悉为新楼,楼房的外墙贴面砖有牙白、赭红、姜丝黄等各种颜色,有的楼挂促人奋进的布面标语,红地白字,宋体。楼顶上,白云沉稳移动,天蓝得刚好配合吃水果。

"你心肠挺好啊。"女摊主说我。

我正回忆自己何时吃水果唱过歌,唱的是什么歌。我见过很多唱歌的人。一次聚会,腾格尔氏吃了几杯酒后唱东蒙古民歌《乌尤黛》;邹静之氏在兴凯湖边的篝火旁唱《今夜无人入睡》。他们唱时谁都没吃油桃和梨。我对女摊主说:"都一样,咱们小时候不也馋水果、吃不起吗?"

"就是。不过这个小叫花子、小不要脸的有点缺心眼儿。"

"缺心眼儿"与"脑袋进水了"、"脑袋让门框挤了"等,在东北话里是傻的意思,正称乃"智障人士",可参与特奥会。我看小孩不傻。享受物产甘美,且望蓝天者,焉能缺心眼儿耶?女摊主心眼儿其实有点缺,用棉被或褥子捂水果。捂软了就不好卖了,但我没提示她。

小孩教我水果甘美一课,我把水果在水龙头下假装冲一冲,坐在台阶上吃,美虽美,自忖不及小孩嘴里美。上帝的公平于此再一次显灵,他乞讨,我未讨(讨的方式不一样),但他享受我享受不到之心旷神怡,两下扯平。而随手拿几个水果送孩崽子,小孩就启示你水果蓝天歌唱之美,为什么不呢?

有一次,我在街上见到一位走路无规律晃动之人,侧观其面,煞白有汗。问他怎么了,他唇微动。我将我耳送他唇边,听见两字:"我饿。"

都什么年代了,还有人在大街上饿晃荡了。不行,我左臂一伸,指示他步入“大明包子铺”。这是鄙单位边上一小型餐饮场所。他——后得知其为安徽省颍上县人氏，到沈阳找工作不可得，连回家路费都耗尽——吃了三笼包子、两碗二米粥、一碟子盐白菜。我跟你说，人要是饿了，他没工夫感谢你，只感谢包子。吃饱了之后也不感谢，血涌到胃里，大脑昏沉沉的，困了。吃包子，他下颌骨与咬肌坚实有力，别说包子，花梨木、鸡翅木、胶皮管、开泰管、雨靴、羊羔皮前进帽都可“咔咔”嚼碎咽到肚子里消化吸收之。饿者根本顾不上跟你搭话，因为没长两张嘴。他眼睛同样炯炯看着远处。远处——两米外的墙壁贴一张“八荣八耻”公约。吃饱了，这个六十多岁之农民，面红润，眼神柔和有光。

结账，他走了。包子铺老板与我熟，说：“大哥，你让人骗了。”我惊讶，他都饿成这样了，骗我什么？我见过很多骗子，没见过装饿而且吃那么多包子的骗子。骗子者，利用别人占便宜的心理谋取对方钱财，我在他饿中占到了哪一样便宜？没有嘛。

我不止一次看到下层人士对更下他一层的人的凶狠。甲不如乙，乙断然不送甲哪怕是一口水喝。而下层人士把自己稀少的钱财送给什么人呢？送给不缺吃不缺喝之上等人，用彩票、抽奖、行贿、股市和有线电视收视费等方式。

就上述两件事而言之，我花费十来块钱，如同给缺了螺丝的一扇门安了个螺丝，门接着门，这钱比我自己消费更有价值，更具美感，就像你朝远方扔一粒小石子，小石子在空中飞，穿越树林、草地和水塘，恰恰落进一个牛眼睛大的小洞里，多惬意。是谁受骗了？没人受骗。吃饱包子之颍上县人士面红润后，又笑纳我所赠路费两百多元，这也不是骗我。他除了说回家之外并没承诺我别的事体，没说在月亮上送我一块地，没任命我担任民政厅长，没保送我成为党校在职研究生与硕士同等学力。假如他不拿此钱买车票，其用途也无非住店、买包子、买面条、买瓶装水，均为钱之正用而非邪用。难道他能用我的钱去嫖娼吗？我都舍不得他能舍得吗？他干什么，我不管了。

我并不想借此实施自我表扬。周知，慈善家(家！)长期地、大量地、默默地帮助别人，最显著的特征是他们不说出自己的事迹与姓名。而我作为一个经常得到别人帮助偶尔小助他人的人，想发表如下三个小感想：

一、兜里揣二十元钱的人不要瞧不起揣十九元钱的人，在国家统计局看来，你们属于同一阶层的人，杏熬南瓜一色货。穷而恶，比富而恶还吓人。

二、对贫困人士不须提高全身的警惕，他们骗不了你。能给俩铜子儿就给，不给拉倒，毋庸切齿怒目。人警惕的应该是自己的贪心，是衣着考究又善于在言说中宏大叙事之人，是大的利益集团的人。气宇轩昂的人物才骗得了不如他们的弱者，弱者骗不了强者。弱者骗只骗几顿饭，开不成上市公司，骗不来一块地或一个桥梁工程。

三、如果静下心来体察周遭并放些零钱在兜里，就可以帮得上别人一点忙。其实是钱在帮忙，人只做点协调工作。有钱并会用钱，也算高等生物特色之一。我跟车站水果摊女摊主说："咱们小时候不也这样吗？"女摊主垂首叹惋，深以为然。其实，我小时并不如此，拜父母大人之福，我在三年困难时期也不曾吃糠咽菜。具体情况，我甚至不好意思写出来。比如我从小看画报、听唱片，五六岁穿皮鞋。而小伙伴穿布鞋，下雪天也穿带窟窿眼的夹布鞋，使我的皮鞋显出不好看，像牛蹄子。我拒穿竟遭父亲吹胡子瞪眼，极其不爽。但我不管在儿时、青年乃至现今，一直知道饿是怎么一回事，它是耻辱之中最大的耻辱。或者说，饥饿者的存在，是时代的伤疤。

一个时代不管盖了多少高楼大厦，不管有多少人买了珠宝首饰，当还有一个人饿的时候，人们应该停下自己的事务，帮他在十分钟内填饱肚子，让手里的钱产生应有的道德感。

# 爱听二人转的狗

人出了国后，先怀念祖国的不是心，而是肚子。胃，或称消化系统在激烈排斥外番饮食的同时，怀念着小葱拌豆腐、打卤面、粉条头萝卜丝炸素丸子和黄瓜拉皮。人在国外，脑子想这事那事，肚子只想“国吃”。科学家说胃是人的第二个大脑，说得太对了。十九世纪的奥地利精神病医生庞克解剖人体，第一次发现胃壁有两层神经束和神经细胞的网络，这是大脑才有的东西啊！胃想搞什么？后来弄明白，这是胃用来回忆和识别故乡饮食的思考器官。在西伯利亚，我的胃从早到晚想吃的，腹腔像开进消防车，彼此呼叫。吃不到，胃改为回忆绿茶的滋味。我按照胃的指示喝绿茶，但这里宾馆的电源是三相插座，我的小电壶为两相插头。我想起，阿巴干广场有干活儿的中国人，找他们去。

见着一个中国人，一说就明白，两相转三相的电源插头。他说送给你了，到工棚取。

他姓李，吉林扶余人，在中国人承包的广场工程铺石板。老李说，一起干活儿的俄国人体格好，可是懒，干一点活儿歇个没完。老李干活儿身上舒服，歇着筋疼。说着到了工棚。

帐篷工棚住着几十号中国人，地下摆炉子、马勺和塑料豆油桶，一只半大狗从铺下窜出来，朝我吠。

“福贵。喊什么玩意儿！中国人。”

狗接着吠。老李让我跟它说中国话，狠点儿，要不它叫起来没完。

我本来就怕狗，大喝：“闭嘴，滚一边儿去！”

狗收声，变得唯唯诺诺，用讨好的目光端视我。

“它叫福贵？”

“对。它是张福田从国内偷着带来的狗，我们坐汽车来的。刚来时它小，塞一个地方就入境了。张福田提前回国，把它留这儿了。”

老李把插头给我，“这个狗可不一般，比我还爱国呢。人要说俄语，它满地乱转，表示闹心，一听中国话就老实。邪门儿不？”

老李打开电视，俄主持人说话。这只狗——福贵低头咬自己尾巴、咬雨鞋，呜呜哀鸣。电视一关，好了。

“它喜欢二人转。”老李从破碟片里找一张，放进DVD，画面上，描红抹绿的二人转男女演员打情骂俏，福贵看得目不转睛。

“福贵鼓掌。”

它立身抖前爪，意谓鼓掌。

老李说：“它太爱国，爱家乡人。我给你演练一下。我说人名它立刻模仿。赵本山！”

福贵慢步走，左看一下，右看一下，如赵本山表演收电费的。

“高秀敏！”

狗乱颤头。

“表示高秀敏能说。潘长江！”

福贵缩头。

“表示个矮。这些人它都认识，粉丝狗。对——”老李在铺下摸出一个盒子，打开，露出铜质奖章。“这是福贵的奖章，阿巴干市政厅颁发。前年我们住一个破楼里，半夜起火。人撤出来之后，一个俄罗斯妇女说孩子还在屋里,才两个月。楼快烧塌了,警察不让进。张福田让福贵进去救小孩儿。福贵钻进火里,用牙咬小孩儿脖领子,拖着出来了。”

“福贵!”老李把奖章戴它脖子上,“立正。”

福贵立身,胸前当啷奖章,眼神无所适从。

老李接着说:“你知道它为什么讨好你不?眼睛老盯着你,有话可惜说不出来。它想让你带它回国,不在这儿待了。这个狗对三个词最机灵,中国、扶余、二人转。有一回,半夜有人说梦话“二人转”,它刺棱醒了,以为放二人转,汪汪大叫。”

老李又对福贵说:“他带你回中国。”

福贵兴奋地汪汪叫,咽唾沫。

“带你回扶余,看二人转。”

福贵高兴地晃尾巴。

“福贵,给他作揖。”

福贵站起来给我作揖,我用手接应,差点没给它回一个揖。

“月底我们回国了,阿巴干九月份上冻。福贵就得扔这儿,海关不让带毛的玩意儿出境,怎么整?”老李抱膝盖叹气。

我该走了。福贵碎步跟着我,眼睛仰视我,眉头有几根毫毛长长探出来,很认真,很庄重,像说:带我走吧!到门口,它咬住我鞋带不松嘴。

老李抱起福贵,它从怀里往外挣脱,鼻子一拱一拱地大叫,如孩子绝望时号啕大哭。

福贵像我的胃,时时刻刻想回家,恐怕它是永远回不去了。

# 婴儿的梦境多么甜美

婴儿在梦中笑了,笑容多么甜美。我羡慕婴儿并猜测他的梦境。

蓝天下的绿草地上,婴儿跌跌撞撞摘下满把的樱桃,我猜测这是让婴儿欢笑的一个梦。可是,婴儿刚来到人世,哪里知道什么是樱桃?蓝天和草地之美,他好像也不知道。也许婴儿梦到坐一架降落伞由天空落在大地上,那一种自由让他笑。

婴儿生下来就会睡觉不奇怪,他在娘胎里一直都睡着——姑且这么认为吧。可他生而有梦,让人觉得其中藏有巨大的奥妙。梦的材料由人间的事情组成,比如人和房子、道路和街市。成人的梦大抵如此。但婴儿还不知道什么是人间,对人和房间都陌生。他们用什么做梦呢?

婴儿的梦可能是一些色彩流,如激光束一样,比人间的画更美。也可以是一些美丽的动物在他梦中跳舞,可他并不知道动物是什么,如何跳舞呢?

婴儿在梦里笑得多安逸,多开心,让人嫉妒他的梦。我努力回想婴儿期的梦。事实上,连青春期的梦都记不起来。如鲁迅说:“我也做过许多梦,然而多半忘记了。”即使有记得的梦,鲁迅也不会往外说,他认为做梦自由,说梦不自由,差不多等同于说谎。假如我能回忆起婴儿时做过的梦,我猜是梦到了源源不断的奶水,为此而乐。尔后梦到走路和奔跑,这都是让婴儿大乐之事。

我以为，婴儿具有生而知之的能力，也就是依照前生的印象来做梦。他们梦见大海，像鸟儿一样飞翔，在草地奔跑，嬉戏于山泉边上。在他们的大脑里，大海、草地、山泉的图像与生俱来。婴儿对许多美好的事物生而知之。他们也有恐惧，内容是饥饿和疼痛。婴儿生而有笑，笑和哭同时出现在婴儿最初的表达上。他们哭好理解，谁光着身子来到一个陌生的环境都想哭。而他们的笑则引发成人的无限遐思。笑，其实是复杂的情感反应，出于满足、幽默等等。婴儿有满足和幽默感吗？他们有梦、有笑，只能说他们对来到人间充满喜悦，信心充足。上帝让婴儿在婴儿期所知道的事情只有这么多，若让他洞悉太多的磨难，谁也不愿在这儿久留了。

# 小鱼

我被父母允许使用铅笔的时候，刚刚五岁。为此大为兴奋，这种半截木棍并露出黑尖的东西，是另一种语言。胡乱画出的一些线条，使自己佩服自己，而且挥之不去。开始不知画什么，就弄心电图似的乱线，享受到怀素那种乐趣。但很快觉得单调。这时看我姐写字，十分嫉妒。我想所有未及上学的孩子看哥哥姐姐写字，都有过这种嫉妒——集愤懑、无奈于一身。

她把字写进作业本的格子里，很有力。每个格只一个字，而不是像我那种连缓如湍流的线条。我也曾宣示这些线条是字，让父母猜，但这种宣称除了被哄笑之外，不会有其他结局。我所奇怪的事情是姐姐写的"字"，是一些复杂的图案。笔触短也变化多端，兼有转折与交叉。而有些"字"，她只写几笔便弃之不顾，去写其他的"字"。有一次，我伏案观察她写字良久，指出有几个字她未写完，好像是"一"与"乙"，竟又遭到她的嘲笑。

我知道这些图案并不是她所创造的，但她居然能掌握，并在写完后用手指着，嘴里尖锐地发出音来，如"北——京——"，就令人稀奇了。那时我也囫囵着写一些字，尽量写复杂一点，同样指着它赋予一个音，如"赤——峰——"，但我很快就忘记了它的读音，记不住。这些一团乱麻似的字原本就是我生造的，念什么音都行。

后来我姐教我画小鱼,纾解了我的不安。

小鱼是一笔画成的。从尾巴开始,沿弧线向前,在鱼嘴的地方转折向后,然后一竖,就是尾巴。记住,鱼头一律是向左面,这就是向前,我姐就是这么教的。如果比较灵慧的话,可在鱼身画上瓦片似的鱼鳞,鱼尾由横线罗列而成。

我站在炕上,把小鱼一条接一条地从炕沿边的白墙上画到窗户边上,它们像箭头,一个跟着一个前进,永不掉头。接着画它们腹下的第二排,然后是第三排。鱼群在离我们家炕边三尺高的墙上庄严进军,比黄海或加勒比海汛期的鱼儿都要多。当你相信鱼的真实性之后,就无法怀疑墙乃是大海。多么宽广的大海啊。我常常坐在被垛上注视鱼群前进,为它们的气势所打动。然后,再使被垛这面墙也布满鱼群,当然它们是向另一个方向行进的。

描摹一种形象,对孩子来说,是第一次对客观世界进行表达,也是第一次抽象。在这之前,孩子脑中的外界映象太多,而他倾吐的太少。一进一出,心脑平衡,人与世界也得到平衡。不然我也不能画那么多的鱼。不比别人更能理解原始人为什么在艰苦的环境中,于跳跃的火光下在石壁上画岩画。一个不会写字又急于表达对世界看法的人,大约如此。而岩画留给我们的信息,并不是画上的鹿和狼,而是画画的人曾经在世上寂寞地活过。

我们家的鱼,在那个时期以惊人的速度繁殖,桌子上,杂志上,包括箱子盖内侧的木板上,都布满栩栩如生的小鱼,它们甚至钻进了我爸皮鞋的鞋垫上。我记得有一本好看的书,大开本彩印精装,叫《辉煌的十年》,记录内蒙古自治区成立十周年的盛绩。照片上铜花四溅,或女人穿彩裙结队而笑,羊群低头吃草。这本书所有的空白处,都被我画上了小鱼,极大弥补了内蒙古水产业的不足,正所谓年年有余。殊不知,此书是我爸借来写稿子用的，他一翻竟大吃一惊。他把书对着我妈一页一页翻开，绝望地说，“看，这怎么退还？”又翻一页，“怎么还？”我妈眼里分明带着笑意，但装作沉重地摇头。我爸问：“谁教他画鱼的？”不用说，我姐挨了一顿严厉的斥责。

几年前，我回家省亲，见父母半夜倒腾箱柜找什么东西。后来找到了，是一本奖状。我爸被评为自治区五十年有突出贡献专家须复印上报这个四十年前得的奖。一翻开，嗯？在乌兰夫签名与奖金大字的左左右右，游弋着一条条小鱼。我看到它无比亲切，这样的笔触让人珍怜，童稚朴拙而真诚。

“这一定是阿斯汗干的！”我爸极为愤怒，把阿斯汗从被窝拎出来批斗。他是我外甥，所有恶作剧的制造者。

“没有！”阿斯汗揉着眼睛说。他干了坏事后都说“没有”。

“你呀你呀。”我爸痛切地坐在床上，指着阿斯汗，“你真完了！”

“没有！”阿斯汗强硬地梗着脖颈。

# 皮表

儿时爱在腕上画手表,那是那个时代的文身。小孩皮松,圆珠笔戳在腕子肉上有些痛,表也画不圆。画上一个大圆之后,里面画一个小圆,交代表壳和表蒙子的关系,这两个圆由于皮肉游走变成扁圆。但我们不太介意这个,不圆就不圆。

表画好了,画上面的小疙瘩,上劲用的。这是个机械表,要上劲儿。然后是表带。我最喜欢画表带,刷刷刷,竖的线条环腕画一圈儿,说枕木也是可以的。

一帮小孩,甩着黝黑细瘦的手腕,每人有了一块手表,互相把臂赏玩。我们去游泳池展臂游泳。水下,头发像水草一样漂着,眼睛拼力睁一小缝瞧腕上的画表,它蓝荧荧地端敷腕上,带漂白粉的池水无损于圆珠笔油的光芒。

在昭乌达游泳池游过泳的小孩都知道,腕子上画一块表,划水轻快,速度也快,那是在六十年代。

游过泳,我们去回民商店观赏玻璃柜台里的美食。蜡做的芒果和仙桃有点像真的,放在印领袖语录的瓷盘里。蜡的大鸭梨甚至有褐色斑点和弯曲枯萎的黑柄。我们知道它们是假的,但照样咽唾沫。唾沫不知从什么地方涌集嗓子眼,咽进肚子里咚咚响。我们双手把着柜台玻璃,眼盯着果，脚步缓至不移动。腕子上的表露一排。我们七八个人，露七八块表。我们油黑的腹腔凹进去像一个洞，扇形肋骨像手风琴的键盘，但弯斜，肚脐是一只干瘪的口袋系的嘴。回民商店的女服务员看到这么多的表，乐了。我们镇定地看我们的表，这有什么好笑？

如果有一块真实的表，表针真实地移动，耳朵凑上去听取滴答之声，那也许是一万年以后的愿景。长大了也许有，也许没有。有人一辈子都没有一块手表。我不明白表为什么会走动，说是齿轮在动。可齿轮……是哪个齿轮先动了一下，引起那么多齿轮不安地走动？

我并没有梦想有一块真表，圆珠笔画的表已经很好，不怕摔，也丢不了。弊病是不可用手捏那块皮，一捏七、八、九点全跑一块儿了。我爸有一块山度士手表，给我大爷治病卖掉了。我没见过。

整个夏天，我们游泳、上军分区看电影、上南山。有一次回家晚了，我妈在家属院四处找不到我。回到家，我站墙角挨训。我妈训完了，看到我的表，拉过手，朝腕子上啪啪打了几下，“这么晚回家，还好意思戴表。”

# 鸡冠花

小时候,我妈告诉“这是鸡冠花”时,我听成“机关花”了。

盟公署栽了两畦花,用红砖的尖角砌出边沿。扫帚梅比我还高。它孤零零地清高,叶子像茴香,仅有的花瓣离得很远,如杂技人用棍儿支旋的盘子。满天星的茎细,蜜蜂落上去,花朵弯腰如请罪,以至蜜蜂张开翅,合拢,再张开。它们都是机关花。离花畦不到一米的窗户,是我妈办公的屋子。窗台的空墨水瓶是我姐放的,装蚯蚓。

这些花里,我最喜欢鸡冠花。它是植物里最像织物的。绛紫的金丝绒捆系一起,把上面拽开,像小扇子。其实它比小扇子好看。冠顶攒挤无数绒朵。远看,鸡冠花又像赤面的非洲大角羚羊,角从耳下弯上去,如珠宝坠。它没有花瓣。我以为花一定要有花瓣,无论多少瓣。在童年,当一件事否定了对此事的通识时,会苦恼。我无数次问过妈妈:

“鸡冠花怎么没有花瓣呀?”

我妈回答一律是:“它没有。”

星期天,我和姐姐到盟公署嬉游,大多流连于花池。我们把喇叭花摘下来,放在嘴边,用细小的声音喊话:“缴枪不杀,你们被包围了。”用指甲桃把手指脚趾全染红,最后把架豆角桃形的叶子贴在前额,踮脚,到玻璃窗前照,看像不像妖精。

在花池，我只爱唱一首歌。“小燕子，穿花衣，年年春天到这里。”为什么唱这个，我也不知道。这歌缠绵，又娇情，像鸟喙被树胶粘住了，像用侉话念一封信。有一点撒娇，还有一点劝勉。劝勉谁呢？花，还有蜂子。那时，我会唱的歌太少。幼儿园的日暮唱“蓝蓝的天上白云飘”，对着高墙。上学后，扫除时唱“高高的兴安岭，一片大森林”。运动会唱“人民海军向前进”。好多情况下，没歌唱。

在办公室，我妈把文件夹进硬纸壳，用黑鞋带系上。硬纸壳的四角贴着紫布。我在每个椅子上坐一会儿，比较它们有什么不同。看每个办公桌的玻璃板下面的照片。这些黑白合影照片的上方多用花体字写道——工农干部速成学校毕业合影、热辽军区赴林西县工作团留念。我主要看谁长得好看。他们表情同一，胖瘦同一，服装同一，谁也不好看。我在办公室尝试咳嗽的滋味，拿笤帚扫地的滋味，以脚蹬试桌下踏木的滋味。然后跑出去看花。

鸡冠花傲慢，使有瓣的花显得单薄。一次，我听一个人说“鸡冠子花”，困惑，会有“机关子花”吗？小时候，我不识字，便听不懂许多话。电影《东进序曲》，我以为是“东进西取”，按字音取得一个可以理解的意思。还有一首歌：“我当个石油工人多荣耀，头戴铝盔走天下”，一直听成“头戴李逵走天下”，过好多年才明白。

得知鸡冠花正名之后，已经许多年没有见到，或许跑的地方太多，或许忽略。我所在的城市，似乎什么花也没有。节日，政府门前摆一堆盆栽串红，其余的花集合于公园里。今年，邻居在楼下种了四棵鸡冠花。他在自行车棚边上开了几平方米的园圃，用尼龙绳拉着，种小白菜，四角各有鸡冠花，像站岗的。花已老了，脖颈密密的红刺变白，顶冠仍然醉红。花叶细长披纷，一如刚打完架的公鸡。蹲下看这株花，看久了，不禁想从花里找出鸡的尖喙和一眨一眨的眼睛，期望它在某一天早晨喔喔地振翅啼唱，惊动左邻右舍。

# 黑酥油与白酥油

我小的时候，曾祖母讲过一个故事，人死了之后，像旅行一样在路上走。走着，看到路口摆两碗酥油。一碗黑，一碗白。酥油白的好吃，细腻香醇。黑的粗粝，苦，酸。

一人只让吃一碗酥油。白或者黑。曾祖母说，吃了白酥油，能言善辩；吃了黑酥油，发傻，嘴拙，只说实话。

吃了酥油，人接着走。到达上帝的处所。上帝问：这一辈子你做了些什么事？

吃白酥油的人把自己说得像英雄一样，全是好事。

吃黑酥油的人也想夸赞自己，话到嘴边，全成了自我揭发。比如：骂人、偷过东西、嫉妒、不讲卫生等。总之，是一个很坏的人。

处所的人大笑，吃黑酥油的人羞愧着，但没办法，黑酥油比药还厉害，说不出假话。

这时，曾祖母对我说，孩子，那时你可别吃白酥油啊！

我以为她说错了。我正期待着上帝惩罚那个吃黑酥油的傻瓜。

“为什么？”

曾祖母说，“孩子啊，你在人间办的事，人家全都看见了。”所谓三尺以上有神明。

她说的“人家”，就是上帝他们。

“他们怎样看见的？”我问。

“你别管了。记住，人不管做错了什么事，都能因为诚实而被原谅。”

“后来呢？”

“后来，吃白酥油的人的舌头被冻在西藏的雪山上，距今已经好几百年。吃黑酥油的人重新回到人间，他就是你哥哥朝克巴特尔。”

朝克是我堂兄，显然这是曾祖母开的一个玩笑。那时我以为是真的。朝克巴特尔脸红，永远带着傻笑。一次我问，你吃过黑酥油吗？他笑，不说吃还是没吃，显然吃了。

曾祖母是相信神灵的人，小孩也如此。长大之后，人们对这样的故事往往一笑置之。后来，我听到一件事，宛如这个酥油故事的现代版。

有一个熟人，多年未见，已经荣升司长。说话，他说到达今日得益于一次考试。那是国内比较早的一次政府官员考试，各种题答完之后，他被最后一道大题难住了。此题三十分，输赢定生死。

——简述唐代的防止水土流失的措施。

他绞尽脑汁也想不出唐朝有什么水土流失之计，最后叹息，写道：不知道。

发榜后，此题他得了满分。满分的答案就是“不知道”。而别的考生，疾书唐代植树造林之举，全零分。

据说那次考试由联合国有关组织参与出题，观察官员的诚实。

熟人说到这里，自谦捡了个便宜。

我说，考试前你吃过一碗黑酥油，然后讲这个故事。他大喜，连称诺诺。

# 寻找鲍尔吉

鲍尔吉是我的蒙古姓氏，在《元朝秘史》的汉译本中被写作孛儿只斤。这个姓我平常不用，因为在汉人居多数的城市，使用这么复杂的姓要用大量的时间去解释，累。

发表作品时，我偶尔标上姓，使之成为“鲍尔吉·原野”，诗人赵健雄说这叫“蒙汉合璧”。在作品上注姓，表示不去掠其“原野”之美。其他深意是没有的。

但这也遇到过麻烦。

我的一首名叫《乡音》的诗被国内某家用英文印行的刊物选中，给了一点稿费。事先我不知这是稿费，这是一份中国银行的通知，告我凭此去一家较远的分理处取钱。

我知道中国银行是一家与外币有涉的金融机构，美元什么的。我并未兴奋，没干过和美元有关的事，怎能和它相亲呢？

到了地方，拿凭证一看是稿费六元。支这些稿费约须十来道手续。如要买一个铜牌再去换什么等等，每道手续都依次排队。在这些排队的人中，大多是企业和个体户提备用金的，六元钱肯定是最少的数目。

当那位小姐把铜牌清脆地掷来时，我见她掩口一笑。我猜想，咸亨酒店里的人笑孔乙己，大约就是这样的笑法。

临了,到了取款的时候。

“那个人是谁?”我急忙回头瞅,不知付款小姐在说什么。

她提高了声音:“鲍尔吉是谁?”

“鲍尔吉是我呀。”我和蔼地回答。小姐和我隔着钢管焊的为了防止抢钱的栅栏,而且大理石的台面也有一米宽。

“那原野又是谁?”她用圆珠笔杆敲着台面,案例出现了。

“我就是原野。”事情麻烦了。

“你,到底叫什么?”她镇定质问。

排队的人,目光已经转向我。我不是电影演员,很难在这么多人的逼视下保持气定神闲。

我虚弱地解释,原野是我的名字,而鲍尔吉……等等,但没提《元朝秘史》与孛儿只斤。

她笑了,向同事问:“你听说有姓鲍尔吉的吗?”她那同事轻蔑地摇摇头。她又问栅栏外排队的人:“你们听说有姓鲍尔吉的吗?”她那用化妆品抹得很好看的脸上,已经露出戳穿骗局后的喜悦。

我有些被激怒了,但念她无知,忍住。子曰:“不知者不愠。”我告诉她:“我是蒙古人,就姓这个姓。”

她的同事告诫我:“就算你姓复姓,顶多姓到欧阳和诸葛这种程度,鲍尔吉?哼。”

这一位并不无知,并且戴一条蓝珠石项链。她知道复姓,但竟提到“姓到”这样的限制。以汉人的倨傲,如果我是泰戈尔,那么“罗宾德拉纳特”这个姓定会使她们目眦尽裂了。

我不想当着那么多人和她们争辩或进行更可笑的学术性讨论,为了六元钱不值得。我仍耐心解释。

“在欧阳之外,不是还有罗纳德·里根吗?米哈依尔·戈尔巴乔夫。”

众人笑了,我知道他们在嘲笑我卖弄学问。有人说:“他肯定念过大学。”而银行小姐向我投来明确的侮慢的眼神。

原来中国人不配姓复杂的姓氏。这与阿Q想恢复自己的赵姓而不可得一样。

“你说怎么办呢?”我尽量悠闲地问那小姐。

“你要证明鲍尔吉是你。”她手拿着我的工作证和身份证。“但这已经不可能了,这上面写的都是原野。所以,你要把鲍尔吉找来,和他一同领款。”

为了六元钱去寻找鲍尔吉。我想起一句歌词:“为了一块牛排出卖巴黎。”

鲍尔吉,你在哪里?我怅然离开取款台,在心底呼唤。

对任何人来说,为了六元钱罹此磨难,就应该罢手了。但我如看电影一样,想知道此事是怎样一个结局。

我站在门口观察。

我发现一个面相善良的人,上前叙说我的处境,简言之,请他充任鲍尔吉。

“这怎么行?”他瞪着眼睛,原来善良的人瞪起眼睛也不善良。我忽悟,这种作弊的事不能选择好人。

我又找到了一个衣冠不整如无赖样的人,约二十多岁。谈过之后,他狡猾地问:“这事好办,你给多少钱?”

多少钱?这事不能超过六元钱。我告诉他“三元钱”。

“三元?”他简直想咬我一口,“你那笔款多少钱?”

“六元。”我给他看提款单。

他笑着看我的脸,那目光在我眼睛鼻子之间滑行。用目光蹂躏别人就是这个样子。他提一提后裤腰,问:“你是知识分子吗?”在“知识分子”

这个词里,他的语调充满了恶毒的揶揄。

“我是你爹。”我告诉他。

他要动手,这从他肩上可以看出来。《武当拳法》曰:“挥拳者其肩先动。”我上前掐住他的两腮,酸痛是难免的了。我把他的嘴捏成喇叭花一般,里边洞黑黄牙森然。如果换了别人,必朝里边吐一口唾沫。但我没这样,不文明。

我一推,他踉跄而去。

他是那种在社会底层游荡的人。我后悔了,怎么能找这样的人担任鲍尔吉呢?凡吾鲍尔吉氏,乃贵族血统,铁木真即是此氏中人,当然又是此氏的先祖。

最次也要找一个电大毕业的,这是我对新鲍尔吉的要求。

不好找,我只得打电话给在附近的一位,请他襄助。他叫刘红草,在某机关当科长。

我道出原委,他摇头。“六元钱,嗨。我给你十元,走吧!”

我表示此事如何如何,他迟疑地俯就了。

中国银行分理处,人已稀少。我们来到付款台。“他就是鲍尔吉。”我骄矜地向小姐介绍,像推荐一件珍宝。

“是,就是。”刘红草点头。

“工作证。”小姐扔一句。

刘红草假装找工作证。“哎呀,忘带了。”

“回去取。”小姐连头都不抬了。

“嗨,六元钱。”我恳求她,“开开面吧。”

小姐有点通融的意思:“拿名章也行。”

“快拿名章。”我指示刘红草。他又上下假装找。

“小姐,你看没带名章。”

小姐坚拒。

我问:“那一会儿拿来名章,他还用来吗?”

“随便。”

出门,我和刘红草握别,感谢大力支持。我独自找一个刻章的老头。

“鲍尔吉是啥玩意儿?”刻章的老头茫然发问。

“什么啥玩意儿,”我恶狠狠地说,“这是姓!”

“姓?”老头更茫然,“我刻了一辈子名章……”

又来了,我只好安抚,“刻吧刻吧……”

刻好了,牛角名章,十元。

“十元?我最多出六元。”

“八元。”

“六元。”

“七元,少一分不行。”

“七元钱就赔了。”

“赔了?”老头从花镜上方看我。“什么赔了?”

我的事情无人可以解释。我拿着名章取出了按惯例应该在邮局取来的稿费。

我看到结局了。主要的,当我手执着“鲍尔吉”的名章时,便不惮惧来自各方的质询了,可以雄视四方。

# 小米真小

早晨坐在北窗前，翻书、喝茶、看高远的秋空。忽然发现灰漆的窗台上散落一些小米，这必是被窗外的珍珠鸟踢腾出来的。

小米真小，我仔细看了半天也看不清它们的模样。在窗台上，三五十粒小米才占一点地方。拈些小米放在手心里观察，真是很可爱，像小鸡崽绒毛那种黄色，掌一动，它们几乎无重量地跑动着。

小米的样子有点像中国的玉，温润和瑞，半透明，没有火气。我素来不爱吃小米饭，因为小时候吃得太多了。跟大米相比，我认为结论是不容置疑的，小米不好吃。因为常听到“延安的小米”云云，它便有了一些革命党人的气质，使我不敢腹诽。

除去革命形势不论，北方干旱地带的农民只有吃小米。像我这样侥幸生在城里(虽然是小城)的人，吃过大米白面，才排斥小米。小米在农民口中，只有饱与不饱之分，没有味道好与不好之别。

现在想，小米饭除了在嘴里不太滑溜，吾乡人称之为“柴”，也没什么不好的味道。其味也如玉的性质，得乎中庸。一种朴素气实际也是大家气，能养活亿万斯民的味道，不可能是卓尔不群的海参鲍鱼之味，大约就是像小米这样没什么味道的味道。

从古文化遗址看，小米还是农耕文明中最早的产物，有“祖宗”一辈的地位。恕我唐突一句，小米历经商砵周鼎之后还是这么小？在吃物纷繁吃法百般的今天，也还这么小？它真是历沧海桑田了。这种悠远，使它定型于永久，不想改变也顺应万变了。

古人将小米称为“粟”，好听，典雅威重，登堂入室不妨。“粱”在汉以前也指小米品种之一。现在植物学家和山地农民都称其为“谷子”，也好听。一种东西，以同一称谓流行官民之口，通行南北之间，是难事。除非它是极有来历之物，如谷子。玉米这玩意，东北叫包米，贵州叫包谷，翻译小说中矫情写为玉蜀黍。名出百端，是因为它出身浅。至于饼干、克力架乃至曲奇，出身更浅。子曰：必也正名乎。其实大象之物，无须正名，海在哪里都叫海。谷子也是这样，走到哪里一说：谷子。小米说的是脱壳的谷子，这名朴实得无法剥去华饰，也无法分割。小——米，就是它。

得道了，小米。可以致广大而尽精微。

小米的优良还在不酿酒，虽然古书上说它能酿酒。但现时无人酿纯小米酒。谷物正道是养人，旁门才酿酒。此事小米不为也。粮食里玉米个头最大，如兵卒，常被碾碎。其次高粱，美艳而粗粝，其豪气化杯中物。大米是城里娘们儿，阴柔绵软。麦子乃正房发妻，温良和顺。小米为王，不瘟不火，静观万物，以小制大，是中国的王。至于鸡鸭鱼肉、熊掌牛鞭，则是幕僚门客侠人暗娼，一顿而已矣，两三顿而已矣，转瞬荣华奄忽泔水缸内。它们哪里有小米的安详宁静。

我的梦想中曾有园圃之愿，譬如种点菜和向日葵，现在修正，加几垄谷子。秋天，碾好的小米用簸箕飞泻装入白市布口袋，我像农人一样竖掌插入米中，像一把让它顺拳眼泻流，黄澄澄如细砂的小米摩挲着掌心流下，再抓一把，让它流。嘴里学农民的口吻说，啧！多实成。心里想，操，小米咋就这么小呢？这时，手与眼同时享受着一种比较开阔的喜悦，与天地关联起来。若是高兴，我可能扛半袋子小米，送给城里亲戚。

# 天真

天真是人性纯度的一种标志。在成年人身上,即使偶露天真也非常可爱。天真并不诉诸于知识,大学或中专都不培养人的天真,或者说那里只戕灭天真。天真只能是性情的流露。

“我醉欲眠君且去”,能说出这种话的人唯有李白,如无赖童子。在李白眼里,世事无不美好又无不令沮丧。这是诗人眼里的生活,但李白赤条条地皈依于美好。他当不上官且囊中缺乏银两,但口出无可置疑之句:“天生我材必有用,千金散尽还复来”。李白的天才,毋宁说是十足的天真加上十足的才气。我们多么感谢李白不像绍兴师爷般老辣,也不似孔明那么擅逞谋略,不然文学史黯然矣。

人们说“天真无邪”,言天真一物无不洁之念,如孔子修订过的“郑声”一样。但人生岂能无邪?所谓无邪只是无知而已,像小孩子研泥为丸,放在小盒子里,自以为旷世珍物。所以天真只存在于小孩子身上。每个小孩子都是诗人与幽默家,都讲过妙语。小女鲍尔金娜三岁时,我携她在北陵的河边散步。河水平缓,偶涌浪花,鲍尔金娜惊奇大喊:“小河在水里边。”小河——在——水里边,我想了许久。的确,小河若不在水里边,又在什么里边呢?倘若我们也肯于把小河看作是一位生灵的话。鲍尔金娜还讲过“小雨点是太阳公公的小兵”云云。这些话很有些意思,但证明不了她亦是李白。儿童的天真只由无邪而来,一被语文算术绕缠就无法天真了,可见知识是天真的大敌。因而一位有知的成年人还保持天真,无异于奇迹。谁也不能说爱因斯坦无知,但他天真——拒绝以色列总统的职务,说自己"只适合于从事与物理学有关的事情"。这种天真,事实上是一种诚实。诚实最接近于天真。齐白石九十岁时,翻出自己七十岁时的画稿阅读,说"我年轻时画得多好!"人们对此不禁要微笑,七十岁还叫年轻吗?况且他说自己"画得多好!"。对九旬老者,七十岁只能说是年轻。白石老人多么诚实,又多么天真。在他的作品中,有一幅"他日相呼",画面上两只小鸡雏各噙蚯蚓一端怒扯。没有童心,谁能画出这样纯净的作品呢?

艺术家的敌人,不外自身而已。自身在浊世中历练的巧慧、诡黠、熟练等等无一不是艺术创作的阻碍。若克服这种种的"俗",几乎是不可能的,因为你不可能一边争官赚钱,又一边保持天真。老天爷不肯把这么多的能力都赋予一个人。国画家从古到今反复喃喃"师造化",所师者不外是一股浑然自在的气势。

天真的本性是真。倘若假,可称之表演,与天真无关。一个人原本不必天真,成熟稳练未尝不好,可应付无穷险恶。但最使人难堪的,是一种伪装的天真,它与官场上伪装的老辣同样令人作呕。有的艺人在观众前制造憨态,仿佛比处女还要处女,以惹人珍怜。猴子学着熊猫样子翻筋斗,还是猴子,因为太敏捷了。倘若慢慢翻,又显得可疑。只有熊猫翻跟头才憨,因为它既痴又笨。有的作家(包括女作家),喜欢在文章中絮叨自己怎样不懂爱情,一副泪眼盈盈的样子。这种"不懂爱情",无异于劝别人相信从染缸中拽出一匹白布。他们窃以为"愚"就是"真"。但此技不仅不真,却露出了"真愚"。

天真之"真",由"天"而出,即余光中先生说的"破空而来,绝尘而去”,它得乎天性,非关技巧。黄永玉先生在《永玉三记》中,说喷嚏是“一秒钟不到的忘乎所以,往往使旁观者惊喜交集”;说镇定是“到处找不到厕所而强作潇洒的那种神气”。精妙,当然也睿智,但也透出说者在语言背后的天真。睿智或许可以模仿,但天真委实无法模仿。有的诗人,被人喊打惶惶如丧家之犬,原因在诗中不恰当地布置了过多的“天真”。其实,为文之道如为人之道,天真只是其中一路,可通之路又有万千。培根如老吏断案,李敖以骂挂帅,昆德拉用性事揶揄政治,都见不到天真,但均可阅可喜。

天真有时是诗,有时睿智,有时幽默,有时也是洞见。中国第一颗核弹在戈壁爆炸成功后,通过红色电波层层传至中央,闻者无不雀跃,唯毛泽东沉静反问,“怎么知道它是核爆炸呢?”一下子把人问住了。有人说已亲眼看见了爆炸现场。但你以前看过吗?你怎能证明它是核爆炸而不是其他爆炸?比方说WAWK爆炸呢?后来,科研人员用辐射及冲击波数据证明了爆炸当量,呈主席后而释然。毛泽东本质上是诗人,他这深刻的提问又像一个天真的提问。

对于天真,最妙的回答是一个孩子为“天真”一词的造句,曰:“今天真热。”

# 石头流出泉水，心也能

石头里流出泉水，心也能。

心里的泉水兜遮不住，洒了满怀。人却拿它们没办法，不知道放到哪里。

在有的人手里，泉水变成了诗。

“满头鬈发的苍茫薄暮，在山后挥动着雪白的手”。这是谁？是谢尔盖·叶赛宁的故乡。

他的故乡，月亮是被淘气的小孩子扔上天空的外公的帽子，太阳“在远山后，正滚动着金灿灿的车轮”，星光“像解开的腰带，在一股股泡沫中飘荡”。

叶赛宁到了巴黎，穿过美洲大陆，但还是一个俄罗斯乡村的诗人。他的耳里，有沼泽地苍鹭扑哧扑哧的蹬水声，甚至能听到灌木丛一滴露珠的滚动声。

这汪水是叶赛宁的故乡，捧在手里无处置放。他走进城市之前，要“站在落叶缤纷的白桦树间，参加它们诀别前的祈祷”。

每个人手里都捧握东西。常常地，是放下这个，又拿起新的。许多人捧自己不需要的东西，奔走四方。

叶赛宁双手空空，只有故乡。他说，“我的俄罗斯，木头的俄罗斯啊！”

语间不尽悲伤。离开了故乡之后，也离开了裸麦、公鸡、家酿的啤酒，最后他自决生命。他说，他首先杀死的是一个酒徒和悲观主义者。离开了故乡，叶赛宁不知如何乐观，如何疗伤。

每个人都有故乡，到处都是故乡。在生物的DNA之外，人还有地理DNA，它是故乡。地理的DNA排列组合，构成人的好恶、喜忧、悲欢情肠。这是一组无法置换的程序，让人显赫也让人卑微。像石头里流出的水，不大，却不断，像玻璃纸一样哆哆嗦嗦地闪光颤摇，洗刷肝肠。

不受思乡之苦的人是幸运的，像灰尘一样浮游无根，在光线里面甚至亮烁烁的。没牵挂则去留无踪。坐火车游行，沿线已经看不到多少村庄了。在缺乏青壮年的农舍，历史老人收回了孩子们成长的道具，包括碾子、土炕，甚至活生生的伴侣——喜鹊、鱼和毛驴。全球一体化伴随着繁荣君临每一处角落，很快地，人们只有身份证而没有故乡。

没有地理DNA的人是时代进步的产物。他们同时还会蜕去文化的DNA，包括口音和表情，只有肤色之累。一些落伍的人——譬如我——会怪怪地看着他们，他们也这样看我，如傻瓜对视。

石头里怎么会流出水呢？真让人搞不懂。我也搞不懂为什么身体会被故乡的音乐激动得旋起细胞之舞，被衣衫褴褛的孩子、屋檐下的空筐、磨刀石、喂猫的破碗、垫风箱的砖，激动得眼湿。

泉水流下来，薄薄地贴着心房，用手擦不尽，跟着脚步走遍大街小巷。

# 转经筒边土

克孜勒是俄联邦图瓦共和国的首都，人口只有几万人。市中心是广场。周围有列宁像、总统府和歌剧院。中央立一幢亭子，赭红描金，置一个大转经桶，高过人，两米宽。克孜勒的市民清早过来转转经桶，这是个全民信仰喇嘛教的国家。

人说，转经桶里装粮食，有谷子、高粱、麦子、玉米和黑豆。

我到时，转经的人走了，该上班了。一位老汉坐亭子台阶上，手拿马鬃小刷子和一个蓝布袋。他拂扫经桶地上的浮土，归小堆，捧进袋里。

我看，亭子地面已经很干净。过一会儿，老汉又去扫土。他可能在这里保洁。不过，这个刷子太小了，只有两个牙刷那么大，手柄好，象牙做的。

待我要走时，老汉先走了。他把蓝布袋和小刷子揣怀里，背着手，身态蹒跚。袋里的土也就二两多。

我上前，请教老汉在做什么。

老汉目光转过来，清澈，说婴儿的眼睛也可以，只是眼窝的皱纹证明他老了。

我们勉强对话，用蒙古语。他懂一点蒙古语，会藏语。我主要使用肢体语言。一番交流得知，他不在这里搞卫生，把土收藏回家。

为什么收藏转经人鞋上的土呢？

他比划：家不远。明天在这里见面，邀我去他家。

他家里有什么？

有花。他比划高矮的花儿，花朵有鸡蛋那么大、香瓜那么大。

噢，他用这些土栽花儿。四方人脚下的土栽出不平凡的花儿。

次日此时，我等老汉，没等到，欲归。一个小孩从广场西边飞跑过来，拽我衣裳。怎么回事？他手指我左胸的成吉思汗像。这件T恤是纪念蒙古帝国诞生八百年的纪念，海中雄送。我明白了，小孩是老汉派来的，成吉思汗像是标识。

我随小孩来到一处平房人家。老汉门口迎接，他在家为我做酸奶。院子里，我看到忍冬细长的红花、鸡矢藤、蓝色的桔梗花，还有层层叠叠的虞美人。

可是，这不会是用扫来的土栽的花吧？我意思说，这么大一个院子的土，扫不来。扫来的土应该在盆里。

我比划——盆。

老汉——没有盆，只有土地。

我——花，长在盆里。

老汉——你喝酸奶。

我喝酸奶，不加蔗糖的酸奶开胃生津。我忍不住起身模仿他扫土、转经桶、布袋子。

老汉恍然，领我进入一个小屋。墙上挂布达拉宫的绒织壁画。老汉小心揭开壁橱的布幔，一排小佛像。

它们用扫来的土烧成。

老汉用手语表示，这些佛像将放到各地的庙里。他送我一尊，嘱我放在中国的寺院。花和转经桶边的土，原是两回事。

回国,我心中有一点点未解,以脚下土制佛像,有些不尊敬吧?一天,逢机缘请教一位大德。

他说:“好。佛向八方去,人自四面来。土最卑下,脚下的土更卑微。人的心念就在脚下,土带着各种人的心念,如今烧成佛像,土和心都安静了。甘于卑下,正是佛教的真义。”

这尊佛宁静微笑,有如沉浸无上欢喜之中;并无卑下,只有浑朴。我把佛像留在了这个庙里。

# 绿釉百合

下班路过北陵的桥头，见一妇人卖鲜花，满天星、玫瑰和百合。她的自行车上挂着纸板，用墨汁歪歪扭扭地写着："情人节"。这几个并不好看的字显然认真描过，像在汽灯下准备登台的盛妆的乡村演员。

在她的花摊旁，有人看，有人买，但从情态观察，购者未必为情人所购。我也想买一束，没有情人，想送给家里那尊东汉广腹绿釉陶瓶。

我看中了百合。过去没见过白百合花。故乡的山坡上，到了六月星散耀眼的红百合，像妖娆冶游的舞女，蒙古人称之"萨日朗"花。它们村，也近于野，放在案头太闹。我买了两株白百合，三朵微垂的花儿静娴于绿叶顶端。回家，我从橱的高处小心捧下"汉绿釉"，亲切地告诉它："高兴吧！我给你带来了情人。"绿釉陶瓶是见过世面的使君，也静穆着。我家的所有，只有它在汉朝勾留过。瓶内添入清水，捧察有顷而未见漏水，不失瓶的本性。

这样，纯洁矜美的百合与古朴大度的绿釉陶瓶依偎一体，我则目睹了一幕感人的邂逅。百合卷发似的花瓣幸福洋溢，又像少女在花的映衬下鲜洁许多。穿越岁月，欲剥的釉色泛出云母似的光晕。凝注片刻，我退下了，感到自己的多余。

在咏百合的诗文中，读过较多的是德富芦花作的。他住在东京附近武藏野的乡下,有许多的机会观察自然。他的《自然与人生》中,许多地方写到百合——也是白百合,或许那儿没有内蒙高原的红百合吧。“后山腹背长满葱茏的萱草,中间点缀一两棵山百合。白花初放,犹如暗夜的明星……有时遇到背草的儿童,草篮上也插着两三枝……蹚着齐膝的露水将它攀折,花朵如一只白玉杯”(《山百合》);“天黑,从山上下来,夹径青茅,苍碧一色。点点百合……暗香盈袖”(《晚山百合》,以上均为陈德文译)德富芦花倾心于百合的隐逸操行与美人掩面的凄美。对草木的素白,他天生珍怜。如写芒草、月下白菊或富士戴雪。

话拉回来,我案头的百合出身不详,想必不是幽谷品。而这尊东汉绿釉隐瓶,依常识,也不过是汉代百姓盛米之物,当时几乎家家都有。但它们的结合,对我仍有英雄美人百代一逢的惊喜。

易凋的百合现今在一千七百多年前的古瓶中寂美暗放,它们千载难遇,但毕竟一遇。而人的逢遭,过短也过于局促了。

# 雅歌六章

## 一

山坡上，有一棵孤独的高粱，它的身边什么也没有，山坡的后面是几团秋云。高粱脚下的茬迹证明，伙伴们被农人割下，用牲口运走了。

那么，农人你为什么留下这一棵高粱？这是善良抑或是残酷，说不清。

高粱很高，兀自站在秋天的田野，样子也高傲。它的叶子像折纸一样自半腰垂下来，又如披挂罗带的古人。叶子在风中哗哗商量不定。我想它可能是一位高粱王。

山坡下面是一条公路，班车不时开过。这是高粱常常能看到的景物。看这样的景物有什么用呢？对高粱来说，此刻它最喜欢躺在场院里了。

观看一棵孤独的高粱，能真切地看出高粱的模样。我站在它身旁，拉着它腰间的叶子握了握，想到它的主人，那个割地的农人。

我手握着这棵高粱向山下看，如同执红缨枪的士兵。撒开的时候，心情有一种异样，怕它跌倒，但它仍站立着，很奇怪。

我连连回头，下山了。

几年后的一日，下午闲坐，忽然想起这棵高粱。急欲买车票去看它，并为此焦躁。像这样一件奇异的事情，我怎么能够才想起来呢？那一年的冬天，北风或飘雪的日子，高粱不知怎么样了，这确实是一种后话。

我想，我若是一个有钱的雕塑家，就在路旁买下一块地，什么也不种，只雕塑一棵兀立的高粱。不久，就会有许多人来观看。

## 二

我希望有机会表达一个愿望，然而这愿望很快被忘记了。今天的路上，我想起了它，并因此高兴。

赞美公鸡。

我很久没有见过鸡了，城里不许养鸡，菜市场一排排倒悬的白条鸡，不是我想看的那种。

古人愿意为世间万物诠释，即哲学所谓“概括”，并找出它们与人之间的联系。他们说，鸡有四德：守信，清晨报晓；斗勇，铩羽相拼；友爱，保护同类；华饰，通体漂亮。

我妻子属鸡，在本命年时，我把“鸡之四德”抄下送她。她除了“斗勇”一条之外，其他“三德”兼备，加上家政勤勉，也凑成“四德”。

我猜想“四德”的撰者在赞美公鸡而非母鸡。那么我再为它添上“一德”：好色，妻妾成群。

我原来漠然于公鸡的存在。小时候，尤戒惧于邻家篱笆上以一只瞎眼睥睨我的公鸡，它常不期然扑来啄我。

后来我暗暗佩服上了公鸡。

公鸡永远高昂着头，即使在人的面前也如此。脸庞醉红，戴着鲜艳的冠子，一副王侯之相。它在观察时极郑重，颈子一顿一挫，也是大人物做派。公鸡走路是真正的开步走，像舞台上的京剧演员，抬腿、落下，一板一眼，仿佛在检阅什么。当四野无物时，公鸡也这么郑重，此为慎独。

说到公鸡羽毛的漂亮，更为人所共知。“流光溢彩”这个成语可为其写照。尤其是尾羽,高高耸起又曼妙垂下,在阳光下,色彩交织,不啻一幅激光防伪商标,证明是一只真公鸡。

公鸡身边环绕四五只母鸡乃寻常事。它只要雄赳赳走来,自然降服了母鸡的芳心。用不着像男人那样低三下四地求爱,还不一定成功。

当然公鸡也有缺点,鸡无完鸡。做爱前,它将头垂在地面,张着双翅,爪子细碎踏动,喉咙里杂音吞咽。我不忍睹,肉麻。

前年我去新宾,见到了一只美丽的大公鸡。新宾是努尔哈赤的故乡,风情迥异别处,大气苍茫。那里,山势龙形疾走,山下河水盘绕而过,水质清且浅兮。人们的相貌多具满人的特点:宽脸盘,红润健康。

我在集市上发现了一只大公鸡,漂亮极了,体形也大于同类,羽毛霞映。我真想买下来,但不知怎样处理。我身担公干,而且涉及警务,不宜抱着这样一只美丽的公鸡拜谒长官,回到家里也不易抚养。

这公鸡无惧色地看着我,颌下的红肉坠一颤一颤。高贵呀,同志们!这是一只高贵的公鸡。

估计此鸡早已入镬。主人远它而去,不是嫉妒其贵族气质,而在于它不下蛋。人类对于鸡类的逻辑是重女轻男。

## 三

我喜欢这样的句子:“四个四重奏”。

我希望在交织与错落中完成一种美。

比如,我愿意有一幅与喜鹊们合影的照片。在我看来,光是一个“鹊”字就比“雀”字高级,如同“雁”比“燕”辽远一样。

在这样的情境中,我希望用“合成”来表达这种需要。不仅与喜鹊们合影,又同它们“合成”一种意蕴。

在月台上,我等待一位久久未归的友人时,希望身旁有两只喜鹊。它们站在我脚下，或在离我不远的树上都行，构成同一画面。为了热肠的感觉，我膝下要有一只黄狗，它的嘴与眼俱黑，蹲在暮色的月台上。

就这样，我渴慕喜鹊。

曹孟德苍凉吟道：“月明星稀，乌鹊南飞。绕树三匝，何枝可依”。诗好，但我对用“乌”来状鹊有些不满。

我喜欢过比亚兹莱黑白画的装饰味道。此刻知道，喜鹊才是高超的黑白版画。

在克什克腾，目睹喜鹊在枝上落下，无疑属于吉兆，喜鹊的尾巴像燕尾服一样，在枝上翘了几翘，优雅。

美丽的喜鹊，版画的喜鹊，我们来合一个影吧！我已厌倦了人与人之间站立一排、咧着大嘴的合影。

## 四

西班牙音乐中的响板。

安德捷斯用吉他弹的《悲伤的西班牙》，旋律深情婉转，旋律线下行并顿挫，拉丁风格往往戛然而止，女人骤展裙裾，男子转腰亮相。令人想起他们对于古罗马雕塑的景仰。

在这首曲子中，两段之间的过渡是一串响板，嗒哒啦嗒。最后的一个“嗒”音，如静夜醒板，似画龙点睛，没有它是万万不能的。

嗒哒啦嗒，旋律再次演奏。

我反复听这首曲子，是为了与这一声响板遭逢。佛家所谓“醒板”，是为了使人开悟。我悟了，嗒哒啦嗒。

## 五

三相是我朋友，他是北京人，祖父和父亲都是名医，后来蛰居小城。

三相漂亮，脸膛白里透着浅红，黄而略灰的瞳孔散发着俄罗斯式的热情与豪放。当然，他是北京人。

我们小时候在一起玩过。交情却不深。后来他喜欢上我了，其中原因我不清楚。他很纯洁，而我孤独。一般地说，人们不喜欢我。

这其中有一个原因在于，三相是聋人。他小时候，常用弹弓射击燕子。他奶奶告诫过他，不能打燕子，不然有灾。但三相还是把屋檐下的燕子打下来了。

“这是母燕子。”他对我说。母燕的遗骸在手上微温，羽毛的黑色里闪着异样的绿宝石般的光彩。

后来他聋了，说是游泳时耳朵进了水。这病连他爷爷都没给治好。

三相聋了之后，很少跟别人交流，因而他奇迹般地保留了北京口音。在我们那里，说普通话是受人讥笑的事情。然而，三相耳朵听不到别人的声音，依然满口京腔。

三相因为聋了，依然保持着儿时的语言系统，他不会骂人，因为他没听过骂人的话。我们说“果家”，他说“国家”；我们说“三卯”，他说“三毛”。我们很佩服他。

在冬天，我和妻子迎他进门，他从颈上绕着摘下紫红的围巾，那双黄而略灰的眼睛炯炯闪烁，讲述他关心的事情。

三相跑得极快。在学校的运动会上，他听不到发令枪声，看到别人跑出去之后再跃出，往往跑到第二名。

我搬家的时候，好多家具都处理了，但我没舍得那个书橱，这是三相打的。长大后，三相是一个木匠，我在大雨天推回这个书橱。它至今仍在我的房子里，成了女儿的书橱。

我希望三相到来，说一口北京话，眼睛炯炯有神。但是，到哪里去找他呢？

三相姓张,其兄为大相与二相。他姐二朵,是我姐塔娜的朋友。他小弟四相,堂弟五相。

## 六

我居所邻近有一所小学。

每天上午九点半或下午三点,孩子们从教室拥出游戏,我的耳边便灌满欢呼。

在这片欢愉的声浪里,许多声音汇在一起而变为“啊”的潮音,偶尔有一两声尖叫,也是由于喜悦而引起的。

孩子们必在校园里奔跑环绕,他们不吝惜使自己的声音放肆而出,感染着街市,感染着像我这样坐在屋里的人。

# 澡堂故事

进入澡堂，有人以大竹竿子把你的衣服挑起来挂在高处。我小时候，在澡堂曾披着毛巾被出神地观察屋顶下的一溜衣服，什么衣服就是什么人。有白府绸褂子，也有旧军服。澡堂的人，一律看不出职务阶层——大家像苏格兰的男人一样，穿着裙子。这种裙子用毛巾被围成，围头由左胯或胯间掖进去。毛巾被上印着字，譬如："赤峰市地方国营第三浴池"。我有时盯着一个人瞅，看他拿手巾在鲜润冒汗的脸上揩拭，看他喝茶或掏耳朵，然后把目光移到距他头顶很高的衣服上，揣摩他是干什么的。小时候，我对军官比较感兴趣，对军官系的大宽皮带尤其心仪。但一个光腚的汉子很难现出威重。我曾看过一个军官，很白很胖，坐着喝茶水，舌头在嘴里努来努去，隔一会儿把茶梗喷出来。我在心里忧虑地想：他肯定打不过日本鬼子，连国民党军官也不干喷茶梗这么琐屑的事情。但他穿衣时令我肃然，可以说穿一件就令我的敬意平添一层。当他把军上衣的扣子慢慢地、一粒一粒扣上时，神态庄重，目光凝重。最后，他把军帽（软檐便帽）在手上拍了拍，戴上，正了正，自喉间响亮咳了一声，我已佩服到头了。"文革"时，军人全着红领章帽徽，和毛主席在天安门城楼检阅红卫兵的穿戴一样。当官的是四个兜。这个军官把下端的两个兜盖用手一拽，开步走了。我望着他的身影，对自己这身趟子绒衣服不禁叹了口气。

澡堂(吾乡的澡堂)都很大,不然就称不起"堂"字。后来出现的只装些喷头的洗澡处,确乎叫"浴池"比较合适。澡堂都有铺,能高卧。正规的洗客若不睡上一觉绝不出堂。铺与铺有半米高的隔板。洗澡的人全穿木屐,我们那里叫"趿拉板"。这种拖鞋,木头有一寸厚,在水泥地上走起来跫音清脆,特别是穿木屐的小孩来回跑,踢哩踏啦。

这是澡堂外面的情形。

推开澡堂的门则别有洞天。绑有自行车红色内胎作门弓子的大门在身后"嘭"地关上,眼前已是白雾茫茫。以这种能见度,就是误入女澡堂也无碍。从天窗斜射而入的阳光中有无数水蒸气的颗粒浮游。澡堂里拢声,有一点山鸣谷应的意思,有些老头喜欢在这里哼戏。墙壁斑驳得如古罗马遗址,爬满水珠。有时从屋顶坠下水滴,"叭"地落在肩上,凉得令人一颤。到了澡堂第一要义是泡,洗澡的乐趣主要由泡而来。人也像茶叶一样,在"泡"的过程中渐渐伸展,只是水越来越黑。

人在进入池前,要小心翼翼地爬过白瓷砖的沿儿,不然会摔倒。身体切入热水,一般人难免要痛苦万状一会儿。他们像跳芭蕾舞也像电视中的慢动作一样,将足尖连动小腿轻放进滚烫的水里,然后是另一条腿,用台湾诗人洛夫的诗来形容,是"水深及膝/淹腹/一寸寸漫至喉咙,浮于水面的两只眼睛/仍炯炯然"。他们双手撑着池沿,看双腿变红,紧咬牙关,宝相庄严。在澡堂里,越烫的水越干净,甚至有一种富于诗意的浅绿色。洗澡只有烫才舒筋活血,毛孔洞开,皴下如雨。于是人们要把身体渐渐续入水里,直至水漫脖梗子。当然老浴客用不着这么鬼鬼祟祟地进热水池子,从容一入而已。在热水里泡的时候,最怕周围的人"哗啦"一下站起来——热水全在水皮上,一涌而来,如有万针刺骨。

泡好了的人盘腿坐在二尺宽的池沿上,汗水滚滚而下,闭目若有所思,俟后开搓。搓,就是搓皴,皴乃皮肤表面的积垢。倘泡得好,搓处之皴如撒豆成兵，一卷一卷地落下。这时，搓澡人满心喜悦。搓皴有技巧，把手巾拧去水，摊在掌上，左手攥紧手巾，以掌内缘（手相将此处称为金星丘）搓，只往前搓，不要来回赶。

在池边，人有各种各样的表情。有人靠坐在墙边，支着一条腿，双目前视竟不眨眼。这不是泡傻了或有什么悲哀，而是疲惫之后的宁静。其实真正的娱乐就是宁静。能够使自己什么也不想的地方，澡堂是一处也。有人一丝不苟地搓皴，由胸至腹至腿至后脚跟，此人此时也是心无杂念，只是认真地搓。这时，身体的洁净与内心的愉悦是一致的。西谚称："贫困来自上帝，肮脏来自自己。"虽然贫困不一定来自上帝，圣子耶稣的贫困也不全来自上帝，但肮脏的确由自己造成。人与动物一样，清洁自身是极愉快的事。据说唐朝的文成公主因为松赞干布先生不喜洗澡而发怨言，被松赞干布痛殴过。文成公主他们老李家的人喜欢洗澡是有名的，玄宗与杨贵妃在华清池里一洗，顿成浪漫佳话。

澡堂也是体悟人生的地方。老年人在不穿衣服的时候是多么衰老。看到他们身体的枯索，可知衰老并非仅仅是皱纹与白发。他们背驼着，胸膛变成空瘪的袋子，肚子却外凸，胳膊布满老年斑。由于澡堂地滑，他们步履愈加蹒跚。赫伯特说："人体是一只沙漏，里面装着计时的沙子，最后沙漏本身也变成了沙子。"人如同植物，老了之后就变成空心的枯木，变成枯萎的苹果，变成垂于架下的老丝瓜瓤子。而他们年轻时，哪个不是汁液饱满的白杨树呢？小孩子也是澡堂一景，他们天真无邪，充满好奇。裸体的儿童肚子溜圆，肚脐多半不妥帖，他们乌溜溜的眼睛转来转去，企图把澡堂变成游戏场。男人的身体，好看的是小伙子，肩阔胸厚，臀部结实，像一头公马或腰身很细的狗。在澡堂，使人想起克里姆特关于人生的那些油画，童年、青年和老年都由身体来表现所处的阶段，如上帝手里的一串链条。

澡堂是充满肉体但不存在欲念的地方。时下有些地方的澡堂设立了"鸳鸯浴",男女不必凭结婚证,只用身份证晃一下就可以进去苟欢。旧时的澡堂是一个温暖的小社会,花茶末泡出的茶水可以喝个够,可以聊天,可以睡到天黑再回家,还可以刮脸。我仔细观察过一位镶大金牙的师傅给人刮脸,刮到咽喉处加倍小心,以手指将刀上的泡沫抹下弹出。澡堂的堂倌们嗓音洪亮,为人谦和。"文革"时,所有的公共场合都有毛主席语录,其意尽量同环境贴近。如,粮站中的语录是:"忙时吃干,闲时吃稀,平时干稀搭配,配以红薯芋头";人头攒动的火车站的语录是:"凡是有人群的地方,都有左中右……"吾乡澡堂的墙壁上,语录大约有这样两幅:其一,"人民,只有人民,才是创造世界历史的动力。"其二,"凡是反动的东西,你不打他就不倒。这也和扫地一样,扫帚不到,灰尘照例不会自己跑掉。"两则语录显示了选家的苦心,一是人民洗澡,二是打扫灰尘。

# 活在珍贵的人间

佛经上说,世间万物,人身最为难得。

人身——人的一条生命——比世间所有珍奇和那些千熬万炼而成的宝物都贵重。

贵重并不等同货币学意义上的价格高昂,也许有的生命不比草更值钱,但他的生命仍然贵重。人的智慧、人的真诚、人的怜悯之心让生命具有无上价值。

过去读佛经,说人之生命与动物、昆虫、草木的生命价值等同。而佛又说“人身殊为难得”,这又是怎么回事?可不可以说:人之生命比其他生命现象更高等?

佛说所有众生皆为平等,这是佛教的根本教义之一。只有承认众生平等,而后才有彼此尊重,才恪守不杀生的信念。

然而“人身殊为难得”,说的也许是人类独有造福世间的能力。人如果肯做,其实他们可以让人以及动物们生活得更好。人也可以让植物和自然环境更好,只要他们肯做。而造福的能力,只有人具备。他们可以在不牺牲自身的情况下,让更多的人免于饥饿冻馁。除了人,没有哪一个物种具备这个能力。

人身难得,还得之于他们拥有信仰。我不知动物们是否有信仰,这一个问题不容易求证。但人——这是人宝贵的禀赋——生来就有信仰。小孩儿在童蒙之际已经开始关于信仰的思考。譬如他们思考天空和大地，思考有没有一个主宰，他们相信奇迹。而长大之后，不管他信不信仰宗教，事实上已具备信仰的能力。跟迷信相比，信仰好比是天上的云朵，而迷信是路边的牛粪。谁也不能让一株梨树信仰上帝，也不能让一双袜子相信神的存在。而人有了信仰之后，从中自我提纯，慈悲友善，目光柔和宁静。

造福能力和信仰精神，是我对"人身难得"的浅见。而"人身难得"还有丰厚内涵。帝王将相之身难得，升斗小民之身同样难得。在"命"——这个神秘的东西面前人人平等。看到良辰美景，人中的画家竟能把它画出来，这简直是仅次于上帝的能力——创造与再现。人心中的情绪，比如珍惜、怀念、忧伤，人中的作曲者能把它唱出来，使听到歌曲的人一样地感到珍惜、怀念、忧伤。这个能力有如电的神奇力量，让物体变热，让物体发光。人各种奇异的能力数不胜数。这些技能与技艺在上帝面前也许只是小小不然之事，但作为一个生物，这个能力已经大得很了。人身不难得，孰事孰物可称难得？

虽然人——其创造过程说起来并不艰巨——只是父精母血一遇而就，但人活下来有多么不容易。对人来说，这些艰难处境锻造他们、提升他们，又看出人身难得。就算社会保障系统已经完善，人还是要面对看不见的许许多多的挑战，生老病死，喜怒哀乐，如果怀抱真诚善良的心活下去则更难，更显露"人身难得"。

说到这些，是想到我们身边虽然充斥无数资讯，报章媒体在谈论一切事，但关于"生命宝贵"的信息却少而薄弱。有一些少年人动辄离家出走、跳楼割腕，没有人告诉他们生命可贵吗？他们也许感到自己的生命是一部漫长而无味道的教科书，可有可无。他们带着生命上路，竟没有打开生命中的一个秘密的抽屉，里面有一本书，写着生命的无穷价值，写着责任，写着苦难就是财富，写着忍耐有可能是人生的必需，可惜他们没有读到它。电视剧中的人物，特别是日韩剧中的主角，为屁大的小事儿泪光盈盈地寻死觅活，让观者觉得美而时尚。这样的剧情即使在美帝国主义——这是几十年前的蔑称——之国度也不可能容易播出。美国"全国广播人协会"制定的电视法规定："节目应有助于青少年和儿童健康平衡的成长，帮助他们认识完整的世界，并对他们所生活的社会做出有依据的判断。"这一法律要求节目必须"强调正面、积极的价值观点，使青少年和儿童成长为有责任感的成年人，能够应付成熟带来的挑战。"

这是美国人说的话吗？是的，而且是一项法律。美国"全国广播公司"成立"儿童节目检查委员会"，规定节目"——"A 款：不可以提倡可能带来不良影响的行为。……D 款：不得过分强调金钱的作用。E 款：导引儿童进入歧途的娱乐比没有更糟糕。"

日前读报上新闻，说一个男孩追求姑娘被拒，掏出刀子扎死了姑娘。注意下面这个情节：这个男孩(即犯罪嫌疑人)用刀扎进姑娘胸膛后，把她抱在怀里，流着泪打手机报警及 120 急救车，血染红了他的手和手机。

这是什么混账做法？他杀了人，他还在表演。这完全是阴暗的、所谓凄美的日韩剧在观众心中投下的丑恶阴影。

有的人其实还没弄懂这样一件事。一、"在世间一切事物中，人是最可宝贵的。"(毛泽东)人的生命在任何情境、任何事情当中永远排第一位。二、其他事务，包括爱情、美或殉情，只能排在生命之后。

人身难得。那些为大义舍生的人，因知生命可贵，才把它献给更宝贵的理想，献给国家和自己的民族。辜鸿铭在谈到中国北方骑马民族的贵族特征时说：他们是军事家族。他们正直、勇敢、快乐。他们有伟大的朴实心肠。他们有高贵的心灵——当听到君主的民族的召唤，敢于牺牲自己的一切。

高贵，对中国北方骑马民族的贵族们来说，说的是一种自我牺牲的精神。这是对勇敢的脚注，也是对正直的脚注。牺牲并非轻贱生命，而为贵生，是对生命至上的弘扬。抗日名将张自忠在战场上身中数弹，临终时说：这个结局好啊，对得起国家，对得起长官，对得起父母。张将军似乎在盼着这一天的到来。读到张自忠的遗言，再咀嚼“人身难得”这话的味道，真是觉得意味深长。周作人说：看一个人可看他两件事。一、看他娶什么样的女人；二、看他怎样的死法。周氏娶一位日本太太，有人说她并不贤淑。周氏平静辞世(平静对死而言也很了不起)。但他这番话说得好。

人生美好。当一个孩子瞪着乌溜溜的眼睛张望世界之时，已觉得世界美不胜收。逐渐，他(她)天天看这个世界，一直到老。不管他(她)遭遇到怎样的生活，晚年还会像处在孩提时代那样赞美这个世界，如赛弗尔特回忆录的书名《世界美如斯》。世界之美，美在个体拥有一个生命，他们通过生命体会到世界与自己的美。

海子在诗中写道：

活在这珍贵的人间
泥土高溅
扑打面颊
活在这珍贵的人间
人类和植物一样幸福
爱情和雨水一样幸福

# 阿花蕾

## 一

信风从海洋吹来，如果有颜色——比如橙色——它会像绸带旋于深蓝海面。它驱赶海浪，海浪像羊群奔跳围栏，跳得最高的羊最后落地。湿淋淋的白羊群迫近陆地。诗人写道："嘘——轻点，大海说/嘘，别这么凶猛/这是咱们的大地"。

地球转动，使北半球的信风风向右偏。它们把海浪赶上岸，顺珊瑚礁钻进红树林。林中，它们绕树一周，绕枝一周。包好风的玻璃纸后，树的膝盖以下白雾漾然，好像趟水来的。这时，上岸的羊群偷偷溜回海里，脚印被细沙埋住。

东北信风用潮湿的手抚摸老樟树，擦掉白垩色的鸟粪，拱之如神。人说福建人迷信。闽地，大自然雄浑神秀。人会被榕树啊、樟树迷住，信其有神。各地取名光昌，讨天的喜欢。长乐、宁德、福鼎、云霄、锦治、南雅、集美、政和、华安、魁斗、永春、鹤塘、仙游，怎么样？而福建福州之名，自然是天下第一好听的郡望。

阿花蕾坐在鼓山顶平坦的白石上，看风想风。她大学毕业来这里观测气象，与天空对话，揣摩信风的路线图。闲时，阿花蕾读古诗，读胡克父子的喜马拉雅杜鹃图谱和贝特曼《墨西哥和危地马拉的兰花》，这是植物学界的圣经。

## 二

大年初一上午，阿花蕾眺望老樟树，黝黑的树干被早晨的雨水打过，如铸铁围身。下午，三到五点之间，浅黄在庞杂的老绿中冒头。此时为申时，阳气大盛。浅黄是小片新叶子，大年初一申时问世。十二生肖中，申时归于猴，猴喜窜跳，难怪新叶子跑出来看人过年。夕照入林，阿花蕾走近樟树，俯耳于斑驳的树身听新叶生长的声音。她柔滑的长发遮住树皮一小片绿绿的团锦。人说书法家文徵明在拙政园手栽一棵古藤还在开花，也是初一吗？

古樟也过春节，新叶是它送鼓山的压岁钱。阿花蕾给老樟树摆上酒和南枣核桃糕，恭贺它这么老又长一岁。

空气中掠过清香，像一排椴树蜜坛子从河心飘过。

## 三

夜来，鼓山像巧克力融化于稠黑的林丛，奇峻被夜消蚀。树的高枝包裹着群峰轮廓，匍匐在寥落的星辰脚下。

不算树，星座是阿花蕾第二批密友。星星和她天天见面，从未爽约。月明之夜，群星公休，只有几粒大星当令。她夜夜仰面观星，为星座起新名。

北方天空，飞马座形同其名。星马凌空奔跑，追赶前方的双鱼座。双子座像晾洗的方床单。御卡座为什么不叫竖琴座？大熊座和武仙座像两个深海机器人围堵自来水笔尖模样的牧夫座。巨蟹座好像奔驰的车标。南天星图更艺术一些。孔雀座应叫项链座，飞鱼座如钻石座，豹狼座好似一个俄国运动员撑竿跳越半人马座。

"轩辕十四归五帝,北落师门有南鱼。""轩辕十四"和"北落师门"是两颗星,五帝与南鱼是它们所在的星座。阿花蕾把这两句胡诌的对联写成篆书参加书法展。一位老先生驻足良久,说:"字尚可,诗佳。"老先生辗转找到阿花蕾,问出处。

"《离骚》。"阿花蕾瞎编。

"难怪如此清奇,如天风过耳。姑娘,你喜爱的诗句还有哪些?请赐教。"

阿花蕾又以星座对之:"大麦哲伦毕宿五,麦穗乌鸦北河三。"

老先生颔首:"也好,也好。大麦哲伦?不是屈原的诗吧?"

"陆游。"阿花蕾又瞎编。

"难怪。"老先生闭目道来:"大麦者,禾木科。苏轼诗云:'城西忽报故人来,急扫风轩炊麦饭。'楚昭王筑麦城,东有驴城,西有磨城……"

阿花蕾说:"大麦哲伦星云位于南天极,赤纬负六十九度,距地球十六万光年。"

老先生颔首:"难怪,难怪……"

## 四

阿花蕾抱一本英汉辞典上山,山腰的草地,有白马徜徉。

白马是放生的,尾下端和四蹄雪青色,其余雪白。每次阿花蕾路过,白马跨越沟渠,跑过来与她对视。她怕马,说:"还是不要吧。"

马打响鼻并摇摇头,阿花蕾更害怕,说:"我没什么东西给你,马。"

马又摇头,几年未剪的鬃毛飘洒。

"好吧。"阿花蕾把手机、辞典、钥匙一样一样摆地上。

马拱开书,用粉舌头卷一页纸吃进肚子。

"呀!"阿花蕾大惊失色,头一回看到吃辞典的马。她对马微弓身,"我只好说好,马。”

马走远了,阿花蕾想:它不是吃草的吗?吃草太单调可以吃花呀?

鼓山有许多花。远志花密茎繁,长在草丛里。有蓝色、紫色的花,也有粉色。山腰的篱笆里种几株郁金香。郁金香的学名为“Tulipa gesneriana”,来自古老的拉丁语。其词意又源于古老的土耳其语,鼓山上估计只有阿花蕾知道其含义为——“穆斯林头巾”。

鼓山的矢车菊,花瓣碎白。它在露水消失、太阳晒干大地时分才开放。米色的蜀葵,复瓣层次繁密。鼓山还有木槿,中国叫“朝开暮落花”,叙利亚叫“莎伦蔷薇”。铃兰开在阳坡的林中,花像一口乳白的小钟,口朝下。据说铃兰花开,夜莺才飞回树林,它象征回归的幸福。小黄喇叭是马兜铃的花。莲座型贴地生长的植物是万代草,叶子厚。在中世纪的欧洲,查理曼大帝命令人民在屋顶栽种万代草,防雷击与巫术。

“可惜我的英汉辞典!”白马卷吃下的那页是devi-devo。阿花蕾想,为什么是这页?这一页有devipbie,是的,山萝卜。还有devir food cake,巧克力蛋糕,原来是这样。对,还有一个词:devour,吞食、吞没。是的,马饿了。阿花蕾转回身,向远处的马敬举手礼。

白马抬起头,鬃毛从耳侧垂下,尾巴拂扫逆光的芒叶。

# 墓碑后面的字

在额尔古纳的野地，我见到一块特殊的墓碑。

树叶散落乡路，被马车轧进泥里。枝条裸露着胳膊，如同雨水中赶路的筋疲力尽的女人。这儿的秋天比别处更疲惫。行路中，我被一丛野果吸引，橘色的颗粒一串串挂在树上，像用眼睛瞪人。我摘下一串看，正想能不能尝尝，脚下差点被绊倒。

——一块墓碑，埋在灌木和荒草间，后边是矮坟。

碑文写道：刘素莲之墓。

荒地之间，遇到坟茔。我想不应抽身而走，坐一会儿也好。这就像边地旅行，见对面来人打招呼一样。坐下，不经意间，看到水泥制的石碑后面还有一行字：

妈妈我想……

“想”字下面被土埋住，扒开土，是一个“你”字。这个字被埋在雨水冲下的土里。

我伸手摸了摸，字是用小学生涂改液写的。字大，歪歪扭扭，如奔跑，踉跄，摔倒。写字的人也像小学生。

我转过头看碑正面，死者生卒年代为“1966-1995”，活了二十九岁。碑后写字的人该是她的孩子。

这么一想，心里不平静，仿佛孩子的哀伤要由我来担当。她是怎么死的？她死的时候孩子多大？我想，她如果死于分娩，孩子也没什么大的悲伤，但不像这个人的情况。孩子分明和母亲度过了许多日夜。母亲故去，他在夜晚睡不着的时候，特别是在黄昏——人在一天中情绪最脆弱的时候，常常想到母亲。

儿时，妈妈不在身边，我特别害怕呼啸的风声，和树梢夹缠，一阵阵起伏不定；害怕不停歇的夜雨；害怕敲门声、狗吠和照明弹——那时老有人放照明弹。

现在这个孩子比我害怕和忧伤的事情会更多。我和母亲仍然生活在一起，他的母亲远行了。在节日，在有成绩和挨欺负的时候，或者不一定什么时候的时候，他都要想起母亲。我仿佛看到一双儿童的眼睛，泪水沿着眼眶蓄积，满满的，顺眼角流下。他独自一人来到这里，写下——

妈妈我想你

“你”字被土埋住了，让人心惊。的确，“你”被黄土永远埋在这里，这是他家人早已知道却谁都无奈的事情。

我想的是，这几个字力量多么大，把一个人身上的劲儿都卸掉了，对我来说，仿佛如此。

人常说，颜真卿《祭侄稿》字含血泪，说书法家心境和艺境相合之时的惊心动魄。还说司马迁、方苞的文字含恨如石。墓碑后面的这句话，其孤兀也足以把人打倒。

如今词语泛滥，换句话是到了一个不尊重语文的时代。人们在使用汉字——不需要交费、不需要限制——的资源时，尽量挥霍、歪曲、作假，这在网上和官样文章中随处可见。中国没有《法兰西语言文字法》那样具有刑事约束力的法律，可以不尊重语言的高贵、纯洁，源流和规范。套用"物欲横流"这句话，如今是"乱话横流"，不真诚、不优美的文字像污水一样在下水道畅行。

然而尊重文字的人还在，视它为心声，写字的时候会流泪。刘素莲的孩子正是流着泪一笔一笔写下这五个字。有人这么写字，是汉字的福气。

一位身居海外的中国诗人说："不知为什么，我一看到'沧海'、'中秋'这些汉字就想流泪。"为词语流泪，说明他的血液曾经融化过汉字当中芳香高贵的成分。

大树在风中呼号，我走进邻近的村子，牧草一堆一堆金黄。农妇直起腰，看我进入哪一家投宿。我想的是，文字和周围的山川草木一样，因为真实而有力量。它们结结实实地钻进人的心里，做个窝待下去，像墓碑后面那几个字。

# 笑的歌声

笑是人类独有的技能，动物不会。上帝可能用笑把人和动物区别开来。说笑是技能也不对，技能需要拜师学习，上戏班子学翻跟头、跟鞋匠学粘高跟鞋。人的笑，生而知之。婴儿生下来先哭一阵子，清清嗓子，然后开始笑。婴儿在早晨无由嬉笑，以至让我们不得不相信这个世界是美好的。因此说，笑是人类的天赋。说天赋，对倒是对，但笑更多是情感与心灵的活动，并不是什么才华。放羊老汉也会笑，不读扩招的、产业化的大学的农村孩子也通晓怎样笑。读过这种大学毕业找不到工作反而不会笑了。是的，笑属于情感活动。所谓“喜怒哀乐”，笑占了俩：喜乐。不喜，乐不起来。笑只是情感活动的一部分，喜也只是笑的部分理由而非全部。幽默跟情感关系不大，跟智力活动更贴近。古波斯的哲人、幽默家朱哈是闹了许多笑话的人。他怕老婆。吹灶火吹不起来，他戴上老婆的头巾吹，火，腾燃而起。朱哈说，连灶火都怕我老婆呀！这个故事好笑，是滑稽带来的笑。朱哈问老婆：人死了之后会怎么样，他老婆说，人死后手脚冰凉。朱哈在山上放羊，近晚手脚冰凉，以为自己死了。他躺在地上，看渐远的羊被狼撕咬，想驱赶，又觉得人既然已死，就不应该管太多的事，看狼吃羊。天黑，朱哈躺着看星星、月亮，看到许多过去没看到的美景。想，原来人死了可以看到美景。后来太冷，朱哈熬不下去，爬起来跑回家，结束“死”。听完这个笑话，如果你笑了，表明你对其中意蕴的理解。如果不笑，说“对对对”，倒更可笑。所以说笑跟智力的优越有关系，为别人的傻而笑。

这里涉及一个小规律，凡是可以不用“对对对”、“是是是”回应的言语，与艺术有关，“对”和“是”只和领导有关。人看电影也不必在银幕下说“对对对”，不干你事，这是艺术。

笑跟智力活动相关，这是没错的。皮儿厚的包袱听众笑得慢，属于定时炸弹。夜半的大街上，骑自行车的人突然笑起来，估计是听了皮儿厚的包袱。听这种笑话，先笑者是智力优胜的人。不过也未必，聋人看别人笑也笑，有时先笑，他受到笑的感染，比别人笑的时间更长。

朱哈在集市买十斤大蜜桃装布袋背回家，路上遇见七八位陌生人。朱哈对他们说，你们谁能猜出我这袋子装的是什么水果，我奖励他一个桃子吃。这帮人一起说：桃子！朱哈边掏桃边恼怒地说：谁这么缺德，把我有桃的消息告诉了他们。我们听了这个笑话发笑了，是因为觉察出自己比朱哈聪明。朱哈挂在二楼阳台的袍子被风吹到地上，他探头看袍子，对人说，万幸呀，万幸！幸亏我当时不在袍子里。别人笑，也是因为朱哈傻。朱哈是在中国美名传扬的阿凡提的原型。在现今的伊朗，他叫纳斯尔丁·朱哈。朱哈做了无数傻事，却有过人的聪明。有人说自己聪明，从来不受骗。朱哈说：你站这儿别动，看我怎么骗你。朱哈回家睡了一觉，那个聪明人还站在街上等骗。有人问高塔是怎么回事，朱哈说，塔，就是把井翻过来晒晒干。我们虽然在桃子的问题上比朱哈聪明一点，但谁也说不出“等我骗你”和“翻过来的井”这么高明的话。非常傻与非常精是一回事。

笑与讲笑话，最怕认真的人，就像膨起的气球怕烟头一样。认真的人刨根问底，他们听完笑话说出的最可怕的话叫——“后来呢？”朱哈老婆病了，叫他请医生。朱哈穿戴好刚要出门，他老婆说不怎么发热，头也不太痛，医生不必来了。朱哈出门，顶着风雪走四十里到医生家，说：“我老婆病好了,你用不着到我家去。"人听了这个笑话都会笑,认真的人却问:"后来呢?"足以置讲笑话者于死地。

叔本华、康德、荣格都研究过笑,最后的结论是——研究笑是徒劳的,笑不可研究。

笑,的确不可研究,不可总结,不可升华。我老婆是热爱笑的人。听到笑话,她会笑。没笑话,她照样笑,这一点很是与众不同。不久前,我游历湘鄂豫一带,回来对她说:湖南人的泼辣,其实就是蛮。

她开口大笑,哈哈哈。

长沙人以蛮为美,所以爱说一个词,狠。

哈哈哈。

我想了想,这也没啥可笑的啊。又说:武汉人号称热情,我看他们只是爱热闹。

哈哈哈。

我换话题,说在洛阳白马寺看见一只鸽子在大殿屋顶听晚课。

哈哈哈。

我不说什么了。想起女儿到北京念大学第一次回家,我媳妇的"哈哈哈"从早到晚充盈在空气里。女儿每说一句话,做一个动作,她都哈哈哈。她暗中积攒了一万多个哈,此刻一个一个展示,找——哪管是小小的——一个理由就笑,攒得太多了。她笑是因为骨肉重逢,出于喜悦。说到哲学层面,是——爱,不关智力优胜不优胜。我听她的笑,想象她的横膈肌和空气之间的关涉,笑声在她脑后的共鸣位置,忽然悟到,笑对我媳妇来说,像别人唱卡拉OK。原来,她的笑是歌声。又想起我爸我妈在我们回家的头几天都在哈哈大笑。原来,他们像德德玛、腾格尔一样,都是歌唱家啊!

# 拉德斯基鼓掌曲

拉德斯基是奥地利哈布斯堡王朝的元帅，打仗厉害不厉害不清楚，估计没张飞、赵子龙厉害，也不见得比美军中央司令部的汤米·弗兰克斯厉害。元帅卒于1858年。拉德斯基元帅在中国暴得大名，后边跟随三个字——进行曲。中国人太喜欢这首曲子了，喜欢得让来华演出的国外院团不知所措。一群搞乐器的外国人来到中国，如果不演奏《拉德斯基进行曲》，肯定是下不了台，处境危险。

危险的含义是：演出公司没办法安排下一场演出，领导问：为什么不演《拉德斯基进行曲》？群众意见更大。各种劳务、费用都不好安排。

外国人懵了，《拉德斯基进行曲》这么重要吗？中国人怀念拉德斯基元帅？他和中国有什么关系吗？能比得上诺尔曼·白求恩吗？别问！让你演，你演就得了。

外国音乐家演出前准备的是干货。“干货”吃功夫，巴赫、勃拉姆斯、贝多芬(以B打头)诸们，还有更难处理的现代音乐，德彪西、勋伯格。来到汉地中土，我们的态度是：这些个，你们能演就演，演不了也没关系，《拉德斯基进行曲》必须上，压轴。外国人还是不明白，斯特劳斯家族的作品在西方音乐里属于玩闹一类，皇亲国戚跳男女二人舞伴奏，“拉德斯基”更是玩闹，具有五千年文明历史的中国人民到底是什么意思呢？

这里面有一个意思,但不能告诉你们。

拉德斯基是什么人我们不管,过去只听过马雅可夫斯基、捷尔任斯基,影影绰绰听过柴可夫斯基,喜欢听啥跟"斯基"没关系。我们(撸袖子)为什么爱听《拉德斯基进行曲》(搓手)?简单,等着鼓掌。不是演完了祝贺演出成功鼓掌,那太小意思,是演奏之中使劲儿鼓。世上音乐千千万,只有这首让呱唧,帮指挥一点忙。一个人的热心和助人精神在《拉德斯基进行曲》里得以表现,既善良又艺术。你看,指挥转过身,像小偷似的把食指放在唇边,告诉先别鼓哦(早想鼓,憋着)。滴哒滴、滴哒滴、滴哒噔,乐声渐强。指挥使眼色(背着乐队),我们猛鼓,海啸来啦!呱!呱!到了这火候,根本用不着指挥,他应该下场喝会儿茶去。鼓上了就不能不敬业,呱!呱!指挥又回头,暗示——求观众,掌声停。也行,让台上拉一会儿。哒噔哒、哒滴噔、滴哒拉滴拉哒、拉噔噔。掌声!这机会千万不能错过。呱!呱!呱!呱!这么跟你说,苏联红军带马刺的大皮靴走过红场,也干不过剧场的掌声,别看我们手心没挂铁掌。台上音乐家让我们给鼓得,毛了,使劲拉,逃命似的。但没声,根本听不着。呱!呱!那时的心情,说"激荡"一点儿不夸张。

略微透露一点端倪,让西方演奏家知道我们爱之所在。你们拉,我们鼓,谁也不闲着,这叫导向。让你们以更饱满的热情把本职工作搞好,尤其搞好《拉德斯基进行曲》。说到鼓掌,中国人有传统,从上幼稚园到退休欢送会,鼓了一辈子。"三反""五反"、抗美援朝,打倒谁、庆祝谁,都鼓一鼓。开会(追悼会除外)哪有不拍巴掌的?手不是劳动工具吗?劳动之余也不能让它闲着啊!西方音乐会不让人随便鼓掌,把我们憋坏了。见了好东西不鼓掌,就像喝酒不干杯一样,那儿哪行?我们从小到大,鼓了多少掌,完全是心掌合一,非鼓不行。中国人有一句话,叫"箭在弦上,不得不发"。当我们听到铿锵的2/4拍的音乐,特别是铜管和军鼓齐奏的时候,掌声欲被勾起来了,手脚没地方放啊。呱!呱!另外,西方人不懂中医,这个手掌上有很多穴位,鼓而后应,少阴经与少阳经交汇。好啊!对心脏脾脏都有好处。你看中国的明星都明白这个,知道观众身体不好,没等唱就喊:“掌声在哪里?”还说:“东边观众的掌声为什么听不到?”全面鼓过了,明星才唱(尽管是假唱)。他们善良。

话说回来,说拉德斯基在中国的名声大得很,居“外国名人排行榜”前八名以内,前边是爱迪生、拿破仑、乔丹等人,后边有小布什、大小威廉姆斯、妮可·基德曼。所以,拉德斯基元帅要抽空感谢老斯特劳斯,出名了!我认识一位经济发达镇的镇长,他向我咨询:可不可以把《拉德斯基进行曲》作为赵二堡镇的镇歌?需要到哪些部门审批?我说,可能用不着审批,版权的事(每年平均演奏多少次)通过奥地利驻华使馆文化处了解一下,交点钱完事。

镇长说,妥了!以后它就是镇歌,叫《拉德斯基——赵二堡进行曲》,交点钱算啥。到时候你可得来哦!我说,跟着鼓鼓掌呗。赵镇长说,对!对!

# 最想依傍的八位高邻

说起邻居，忽然想到钱的局限性。买多好的房子，包括水景、会所与林荫道，都没含邻居。与人为邻，比包办婚姻还生硬，摊上谁是谁，这是就一般人而言。

钱多了，多到开办基金会的程度，这事又好办了。比尔·盖茨造屋，把山掏空，带瀑布的，奢华而不惹火。比尔先生也考虑过邻居这件事，人家是这么办的：在自家别墅周围再造几十座别墅送朋友和同事，实现了物以类聚。而咱们的邻居，其宅非我们所送，只好本着"团结一切可以团结的力量"之妙义，和大家搞好关系。如果可以幻想一下，拉一个单子，欲与哪些高明人为邻，我的答卷如下：

一、杜甫。杜甫，字子美，河南巩县人。与他为邻，和他的字叫不叫子美没关系，也不因为他名气大。杜甫幽默、睿智，熟透了。大官李炎上他家做客，酒喝没了，跟邻居借："隔屋唤西家，借问有酒不？"多真率。与他为邻，酒要备足，最好备一大缸，把秘书监贺知章喝到"知章骑马似乘船，眼花落井水底眠"。有个豪饮的邻居是爽快事。杜甫言："忘形到尔汝，痛饮真吾师。"杜诗的幽默，在此不一一引录，免得此文被误认为是大文化散文。读原诗最好，前人谓："读唐诗，一读了然。唯读杜诗，屡进屡得。"

二、比尔·盖茨。挨着这位"伟大的比尔"居住，不为向他借钱，是为蹭歌剧。他家有歌剧剧场，演出之际，观众少了没气氛，捧个人场呗。

三、契诃夫。契诃夫的小说幽默，但他是严肃的人，悲悯天下。他给邻居看病的时间超过写作时间。与之为邻，就像享受医保一样，心里有底。他不会给人开贵药，也不开假药。假如跟杜甫喝酒喝高了，找契诃夫要点解酒药，方便。契诃夫善良，用忧伤的眼光看着一切不幸的人。他嗓子也很好，童年唱女次中音。契诃夫和比尔·盖茨有一同好，爱在家里请客人吃饭，当然是俄餐，腌黄瓜、鱼子酱什么的。吃喝中，他找一个不引人注目的地方看人饕餮，下礼拜接着请。

四、丰子恺。我感觉与丰子恺为邻就像与儿童在一起，他的童心如清水一般纯净。他是美的发现家，然后画出来。他的胡子好看，音乐修养也好。有这样的邻居，早上看他一眼，心里安静。

五、盖叫天（张英杰）。跟大师为邻，除混吃混喝之外，还要学习用功。盖叫天一生与其说在戏里，不如说在“功”里，把武松演得出神入化。我估计山东阳谷县的真武松看过盖叫天的演出，一定会拜他为师。盖叫天在上海演出，从楼上翻跟头翻到桌子上，桌不稳，摔到地下，仍以打虎式收式。胫骨骨折从肉里支出来，他没吭气，直到合上大幕。盖叫天到上海，头一回吃大米饭，见饭是白的，吓了一跳。饭粒还有白的？没敢吃。这位苦出身的京剧表演大师把太极拳、书法、云彩的变幻，甚至于柱香的萦绕都融进表演极为边式。与之为邻，可除惰气。

六、张三相。三相是木匠、赛跑能手。他聋而纯洁。聋就会变得纯洁吗？似乎说不通。前年春节，三相跟我说，小时候，他不骂人不是因为聋，会骂。他觉得人一骂人就变脏了。他黄色的眼珠始终闪着热切的、憧憬的光芒。三相整洁，从小注意洗脖子。他会因为别人求他一件事而感自豪，勉力为之。可惜，三相去年病故，这是他妈告诉我妈的。我想跟很多人说：“三相病故了”，但无人可与之述说。我想象不出，三相有洁白的牙齿，粉红色的皮肤，永远微笑，说一口北京话，他怎么说死就死了呢？

七、乔治·布什总统。中国人称其为小布什，没拿他当外人。跟跑步爱好者一起跑步并探讨跟跑步相关的一切事，是人生乐事。布什总统每天跑三英里，还喜欢在摄氏四十度的高温下热跑，保镖都烦了。我不烦，爱跑之心胜过爱美。我估计布什不喜欢杜甫，布什年轻那段喝大酒，后来戒除酒瘾并蔑视饮酒者。

八、席慕蓉。席慕蓉诗文好，画也好，为人的风格豪放真率。我觉得，人生之短促，真没有说假话的时间，和讲真话并懂得美的人在一起，如享长寿。席慕蓉近年成了席霞客，走遍了和蒙古有关的好多地方，大兴安岭、巴音布鲁克、元上京。她把她所看到的美好的、忧伤的事物和别人一起分享，朗声大笑，哽咽失声。席慕蓉心里揣着整个草原，与之为邻，就像跟淳朴的牧人为邻，屋里有笑声和洒地的泪水，心里头干干净净的。

# 听一听马勒

直到去年,我才听到音乐家马勒(Gustav Mahler)的名字。在资讯汹涌如八面来风的今天,人们已不算孤陋,仍避免不了寡闻。社会认识层面,仿佛案上肉馅,被切割得极其细碎。

我的朋友周游,在北京一家传媒机构充音乐编辑。去他家做客,见书橱里满满的读物竟无书籍,细看,全是激光唱盘,上面摆着交响乐总谱。我指着总谱问:“读吗?”他点点头。我想象他于深夜,在书房认真读乐谱的神态,好玩。

周游貌美寡言,鼻梁挺削,面颊干净泛青,有贵族气。作为礼物,我请他自选两张唱片。他在音像书店将选到的一张唱片拿给我看,说:“马勒。”那会儿,他眼里的满足感,如同赌徒高喊“满贯”。他扭头时,敞着领口的大红羽绒服里面,亮光倏尔一闪,一根极细的项链,很精致。

这在去年春天。

回到沈阳,周游寄来一篇音乐论文,我交由友人张英主持的艺术评论杂志上发表了。论文的题目是:《迷惘浮生的慨叹——谈马勒的交响乐》。

又是马勒。

还有一回,漫然翻阅一本西方现代艺术哲学的书,一行字跳入眼中,

我一连读了几遍:“二十世纪是死亡的年代，马勒是我们的精神先知。”(莱纳特·伯恩斯坦)

马勒作为一位奥地利的音乐家和指挥家,在西方精神领域竟有这么大的影响吗？我找来一些书读,才知在西方知识阶层,马勒是继贝多芬、瓦格纳、德彪西和勋伯格之后最受欢迎的音乐家。在本世纪六十年代以来,出现了“马勒音乐的复兴时代”这一文化现象。马勒作品渗透着深刻的哲理内涵。马勒终生真诚又终生痛苦。他站在衰草丛生的传统价值的废墟上,目睹由科学进步造成的物质繁荣只不过是一种虚假的幸福。他自己说:“在任何地方我都是一个闯入者,从不受欢迎。”一位美国音乐评论家称,大多数人都能在自己与宇宙之间形成某种和谐,马勒则永远做不到。他的追索、妥协、内疚和焦虑,使他成为时代的预言者。

我借来一本由阿尔玛撰写的马勒回忆录,深为这位音乐家精神生活的精纯敏锐所感动。阿尔玛是传主的夫人,小马勒二十岁。此书似乎缺乏从更宽阔的角度理解马勒。公认写得好的《马勒传》是其门生布鲁诺·沃尔特所撰,人民音乐出版社已出汉文译本。

我已经开始了听马勒的准备,虽然还没有听到。同时被一种对马勒作品的诠释所打动:“人生是一场悲剧,但生比死更有意义。”

今年三月,我在杭州赵健雄的家中读一份由北岛主编、斯德哥尔摩出版的汉文期刊《今天》。上有钟阿城回忆诗人叶三午的文章。文中说患有风湿的叶三午躺在沙发上与作者“握了蜻蜓点水手”之后,问对方最近在听什么。阿城回答听小彩舞的《丑末寅初》。三午叹了口气说:“我在听马勒。”

我不能像周游那样读交响乐总谱,只能由耳朵来听,到各处去找马勒的带子。在一家比较上档次的音乐书店里,我问:“有马勒的带吗？”女售货员回答:“没有。有马玉涛的带。”我被噎个踉跄,接着问:“有马克思的带吗？"女售货员形色不改，回答："没有。有马长礼的带。"我欣赏这个女人的冷隽。

马勒的激光唱片很多，但我的比较不高档的音响无力享受。

今年五月，手头有一本《散文海外版》，翻开一篇文章，题目为《马勒救了我》。作者是《梁祝》的作曲者之一陈钢，我合上这本杂志，心里一紧。马勒，这里面肯定有什么事情了，我没读这篇文章。马勒无所不在，如他自己说，"我渗入音乐的永远是整个的人——感觉的、思想的、呼吸的、遭难的人。"

七月末，我买到了马勒的一套普通唱片，宝丽金公司出品，波士顿交响乐团演奏，小泽征尔指挥。作品是他的第二交响曲，主题是死亡侵扰与生命渴望的搏斗。像迈克尔·肯尼迪指出的，在这部"寻求拯救"的作品中，"英雄不是古斯塔夫·马勒，而是人类·马勒"。

唱片的封套印刷精美，小泽征尔以善良的眼神注视着人们。我觉得听这套唱片需要一个仪式，或者说一个缘由甚至借口，但我还没有找到这个机会。

唱片仍然挂在书桌对面的墙上。我期待有一个朋友来，指着唱片说，"那是什么？"

"马勒。"我回答。

"听一听好吗？"他或她说。过去听或没听过马勒的名字都不要紧。

"好的。"我起身，用裁纸刀慢慢划开唱片外边的玻璃纸，把它放在唱机上。

听一听马勒。有可能听不懂。

两个月了，还没有这样的朋友光临。

# 9月8日下午五点

凝望每一个地方，金色都在增加，房檐的旧木熠熠生辉——秋天。

秋天，只有在黄昏才出现在西边的天际，这是9月。放学的孩子鼻梁和手拎的小壶都被勾上金色。戴墨镜的女人、士兵、卖背心和卖葡萄的人顶着金色走路，眼窝很深。一个孩子蹲着撒尿，耐心地看着这股液体匆匆流向行人脚下。

宿雨使桑园的土地黪黑，夕阳又把它们变为金色。仰面看，万支金箭从桃树的枝叶间冲过来，好像一个人在画好了的苍翠花园的油画上拿笔甩了许多晃眼的黄颜料。

秋天这么明亮，使人忧伤。谷神戴着手编的草冠，拎一束庄稼站在天边。本来可以闻到秋天的气味，从池塘、草垛、鹅的食盆、玉米胡子和子夜的大地上汇集的气味，这里却没有。

我突然感到，巴赫当年曾目睹过秋天突如其来的金黄，长久沉思。我觉得这么一种景色和其中包含的上帝的语言，已显露在巴赫的作品里面。我刚刚听过他的勃兰登堡协奏曲之二：F大调第二协奏曲。亮晶晶的小号、优美的小提琴与雅致的长笛，它们交织缠绕——从水面浮起然后下潜。巴赫十七世纪的传记作者施皮塔说这首协奏曲的首乐章令人想起骑士挥旗奔走，盔甲闪亮。我感到其中“闪亮”的是秋天。

羽管键琴和大提琴如无边的土地与森林，醇厚、缄默；双簧管和长笛细致地说出秋天的气味、光线与温度，仿佛说，在人的境遇之外存在着的永恒，静美而让人敬畏——巴赫的音乐常常浮现这一主题。尽管巴赫潦倒、暴躁，但他的音乐最为静美。

为了倾听管风琴家布克斯胡德的演奏，巴赫向所在的阿恩施塔特教堂请假四周，前往吕贝克——这是在1706年的10月。路上，巴赫从北德意志的日出和日落之间获得了与上帝交谈的机会，天空、河流和树木向巴赫显示世界的和谐与静穆。这机会如此之多，巴赫过了十六周才返回阿恩施塔特，并受到斥责。

从阿恩施塔特到吕贝克，距离是四百二十公里。巴赫步行往返。

德国作曲家策尔特在1827年6月向歌德谈起巴赫时说："无论你怎么把他往坏里想，巴赫仍然是上帝创造的奇迹，一个既清晰又难以解释的奇迹！"

仅仅如此善走就是一个奇迹。善走的原因是穷，巴赫雇不起马。而巴赫的音乐又是如此之好。他在魏玛的艾内斯特公爵的宫廷内担任风琴师时，写下了大量赋格、康塔塔和古钢琴作品，件件足称不朽，以至当巴赫1717年要离开时，公爵竟把他投入监狱。

听巴赫的六首勃兰登堡协奏曲，听不到他对糟糕生活的抱怨，也听不到明晰的赞美。只有人会对生活发出赞美，如同他们对生活的抱怨。在神那里，只有和谐或由不和谐构成的和谐，巴赫即如此。

世上有一些可以跟时间抗衡的东西，如古罗马竞技场、长城、万有引力定律以及巴赫的音乐。巴赫的音乐几乎不能用"风格"来限定，它永远不会过时。

我有时想，如果跻身人类能够占什么便宜的话，便宜之一就是与巴赫等等同类，可以分享他们的创造。因为无论怎么想，牛顿与巴赫等人似乎都不应该属于这一种群。而由于什么秦始皇之流的存在,人类还是不占便宜的地方多。动物、天空、海洋和植物由于人类的存在,更是一点便宜也没占到。

时间像水银一样,向四方流走。而巴赫哪儿也不去,成为音乐的钟乳石。夕阳的披风从桃树间一点点上提,树干的金色攒于树梢,最后暗了下来。在桑园里下棋的人,愈发俯首,手下“啪、啪”地摔响。

# 云良

云良是一个女人的名字。

要想认识云良，要到草原上。所谓草原，裸露着远远近近的沙丘。沙丘丰满起伏，像无边的吃不了的粮食囤积，云影得意地在上面变化幻影。这儿有草、湖泊，也种庄稼，苇子站在湖泊的岸边，围着沙丘列成一排。好像要防止沙中的蜥蜴爬进水里。暮色降落时，牧民低矮的泥屋仿佛真要坍垮下来，羊儿一只挨一只站在墙边，全都垂着头。玉米粥的香味从屋里飘出来，桩上的走马不安地挪移蹄子，惹得狗叫。男人把羊圈拴好，走到檐下接雨水的残缸前掬一把水泼在脸上，惊讶地睁开眼，手心手背在裤上蹭蹭，顶着锅里冒出的大团白汽进入屋里。这家的女主人就可能是云良。这里是地处东蒙的科尔沁草原，我的祖籍。

云良没到过城市，也不知道几十里外的人们怎样生活。但是人们都知道云良。在北京的一次领奖晚宴上，坐满蒙古人的席上突然响起歌声。初起颇感突兀，况且他们唱得这么粗豪。大厅里纷纷站立倾听的人们，听出这首歌委婉多情，仿佛奔流的江水，仔细看只是平缓的涌流一样。歌罢，人们问，你们唱什么？云良。人们渐悟原来蒙古人都会唱云良，包括席上白发苍苍的老者。人们还是奇怪，他们怎么会唱同一首歌，这歌 MTV 并没有播过。

云良并不知道这些。每到接羔季节,有时刚生下来的羊羔不被母羊接受,云良便唱一支名为《陶爱格》的歌,凄婉绵长,直到母羊流着泪给羊羔哺乳。在四月的庙会上,大群的蒙古女人像绣在靴子上的花瓣,左一群,右一群,你分不清那个是云良。她们用新奇、赞美的眼光看着每一样商品,大喇叭里传出民间艺人沙哑的唱腔,秦琼赶到了那里等等,骞马的烟尘已经由远而近。这些蒙古女人健硕、端庄,颧骨和鼻梁被晒红了,眼里充满柔情。羞涩、大胆、善良,那样的眼睛随时都会笑起来。这时,你会觉得"云良"其实一听就会了,像另一些以蒙古女人命名的民歌,达古拉、诺恩吉雅、隋玲、松吉德玛、万姐。因为她们正站在你面前笑,海蓝色的蒙古袍镶着橙色的滚边儿,银耳环和银扳指的花纹里透出岁月清白。

而如果你真的想真切地了解云良,像看一幅肖像油画那样,像听她的一段录音一样,就去听齐·宝力高的马头琴曲。他的弓下有克鲁河、嘎达梅林、天上的风,然后是云良。我不知怎样描述马头琴的音色,像唱诗班的喉音合唱,像马嘶,像壮汉的哽咽。大提琴的深沉和萨克斯管的明亮才能组成这样的忧伤。云良出现了,右衽,两只手攥在一起。她向我们说,她说眼睛是装满了乌力吉沐沦河那样不停的话语。没有比齐·宝力高更了解蒙古女人的人。她们美丽吗?然而一生坚韧。她们芳香吗?然而有许多忧愁。齐·宝力高就是那位画师,喝着酒,在七月的阳光下蹙眉走到画架前,笔触如飞镖,如游丝,然后停下来久久地看,直至晚风吹来,喊着羊的声音悠长。齐大师的脸膛在夕阳下如雕像一般生动,抿着嘴却如欲笑,像一个活佛。他原本就是活佛,三岁时被推为科尔沁莫力庙五世活佛。齐是宝力高的姓,他的祖先是成吉思汗的长子术赤,建立了齐巴齐格罕国。

我听云良的时候,仿佛身上的血全停下来,听一会儿再流。歌声或乐曲一点一点带住胳膊、腿,最后像黄油一样融化在温婉哀怨的旋律中。我不知道蒙古民歌为什么有一种悲凉之意，像秋天早晨的雾那样包过来，又飘远。我不知道我的祖先在怎样的心境中创造了这些歌。它是悠远的，有一些还诙谐，或者柔肠百转，然而总有一些悲凉。像有一排拄套马杆的汉子，在雨水中伫立，凝重笨拙，静穆中散发着悲壮。这一种心绪在马头琴和长调民歌中透露得最为清晰。而他们的女人，就是云良。贤淑、朴素，眉眼里都是歌声。

如果找到“云良”的歌词看一看，会为它的平淡而诧异。爱、思念以及遥远。然而一首歌如果一代又一代地唱下去，所蓄积的含义和力量早就超过了歌词，能够把歌者所有的憧憬和愿望奔放地表达出来。

# 让高贵与高贵相遇

有泪水在,我感到自己仍然饱满。

对不期而至的泪水,我很难为情。对自己,我不敢使用“伟岸”、“英武”这样高妙的词形容,但还算是粗糙的蒙古男人,和东北的车老板子仿佛,这使我对在眼圈儿里转悠的泪水的造访很有些踟蹰。

我的泪水是一批高贵的客人,它们常在我听音乐或读书的时候悄然来临。譬如在收音机里听到德沃夏克《自新大陆》第二乐章的黑人音乐的旋律,令人无不思乡。想到德沃夏克这个捷克农村长大的音乐家,在纽约当音乐学院的院长,却时刻怀念故土。一有机会,他便去斯皮尔威尔捷克的聚居地,和同胞们一起唱歌。“355–|3·21–||2·353|2–––|”,我的泪水也顺着这些并不曲折的旋律线爬上来。譬如读乌拉圭女诗人胡安娜·伊瓦沃罗的诗集《清凉的水罐》,诗人在做针线活儿时,窗外缓缓地走过满载着闪光麦秸的大车,她说:“我渴望穿过玻璃去抚摸那金色的痕迹。”她看到屋里的木制家具,想:“砍伐多少树才能有这一切呢?露水、小鸟和风儿的忧伤。……在光闪闪的砍刀下倒下的森林的凄哀心情。”读诗的时候,心情原本平静,但泪水会在这优美的叙述中肃穆地挤上眼帘。读安谧的诗集《手拉手》,说,“透过玫瑰色暮霭的轻纱/我看到河边有个光脚的女孩/捧一尾小鱼/小心翼翼向村口走去”。这时,你想冲出门,到村口把小

女孩手里的鱼接过来。那么,在地上洒满白露的秋夜,在把身子喝软、内心却异常清醒的酒桌上,在照片上看到趴在土坯桌上写字的农村孩子,蓦然想起小心翼翼的小女孩,捧着小鱼向村口走去,难免心酸。

那么,我想我并不经常读书,更难得读到好书,也不大懂音乐,最主要的是,我不是一个多愁善感的人,为何会常常流泪?一个在北国风雪中长大的孩子,一个当抄家的人踹门而入时贴紧墙壁站着的少年,一个肩扛檩子登木头垛被压得口喷鲜血的知青,我不应该流泪。在苦难中没有流过泪,生活越来越好了,我怎么会变得"儿女沾巾"了呢?至今,我的性格仍然强悍,甚至暴躁。

后来我渐渐明白了,泪水,是另外一种东西。这些高贵的客人手执素洁的鲜花,早早就等候在这里,等着与音乐、诗和人们心中美好之物见面。我是一位司仪吗?不,我是一个被这种情景感动了的路人,是感叹者。

如果是这样,我理应早早读一些真诚的好书,听朴素单纯的音乐,让高贵与高贵见面。

旋律或词语以及人心中美好的部分,使我想起海浪。当浪头来时,你盯住远处的一排,它迈着大步走过来,愈来愈近,就在与你相拥的一瞬消散了。这是一种令人惋惜的美好,似乎我们无法盯住哪一排浪,但可以欣慰的在于,远处又有浪涌来,就像使人肠热的旋律、诗和眼里的泪潮。

因而我不必为自己难为情了。

# 大地上的事

青海的云
惊蛰
雨下在夏至的土地上
风
草
蝴蝶一如梦游人
河流里没有一滴多余的水
瓦罐放在月亮地
蜜色黄昏
静默草原
星子缀满天空
雪地篝火
云彩
流水
棉花
蜜蜂
黄土
长城之外的草香
羊的样子
火的伙伴
刀的道理
夜的枝叶
山菊花
乌鸦站在秋天的大地上
伸手可得的苍茫
铁轨中间的草
鸟投林
白马寺的鸽子
桑园
乡村片断
无限水

# 青海的云

青海的草原像一块被雨水淋湿的毡子，太阳升起后，开满鲜花。白色的道路和毡房兜在上面，像刚刚打开的一幅地图。小鸟儿翻飞，挑选地面上哪一朵花开得更好。河流四肢袒露，是大地脱去衣衫露出的银白色肌肤。

大地洗浴时，身体在阳光下闪光，它波浪的肋骨里藏着鱼的秘密，沙蓬和旱柳走到岸边看石子底下的金屑。

我开车去扎陵湖，路边草滩站着两个小女孩，手里拿野花。她们用腼腆节制笑的热烈，原来是鲜艳的衣裤被太阳晒褪色了，而腮边如胭脂那么红。这里没有人烟，两个孩子像从地里冒出来的。这里的土地生长异乎寻常的生物，包括胭脂红的孩子。她们如同欢迎我，虽然不知我之到来。看到这样的孩子，为之情怯，仿佛配不上她们的清澈。

所谓“远方的客人请你留下来”，这句歌词在青海极为写真。大城市的人不会对外来者生出这样的邀约。淳朴的牧民，特别是孩子们笑对远方的来客，敬意写在脸上。茫茫草地上，不需要问谁是远来的人，一望即知。

说起来，想都想不明白，他们为什么会尊敬与爱一个陌生的闯入者呢？

这与他们的价值观相关。牧人们在草场支蒙古包，地上钉楔子系绳。搬走的时候，拔出楔子，垫土踩实，不然它不长草。不长草的泥土如同有一处伤口，用蒙古人的话说——可怜，于是要照顾土地。他们捡石头架锅煮饭，临走，把石头扔向四面八方，免得后来的牧民继续用它们架锅。它们被火烧过，累了，要休息。这就是蒙古人的价值观，珍惜万物，尊重人，更尊重远方的来客。

在湖边，我下车走向拿花的女孩。她们犹豫一下，互相对视一下，扭捏一下，突然唱起歌来，是两个声部，蒙古长调。

如此古老的牧歌，不像两个孩子唱的，或者说不像唱出来的。歌声如鸟，孩子被迫张嘴让它们飞出来。鸟儿盘旋、低飞，冲入云端。在这样的旋律里，环望草原和湖水，才知一切皆有因果，与歌声唱的一般无二。歌声止，跟孩子摆摆手上路，这时说"你们唱得真好"显得可耻。

脚上的土地绿草连天，没一处伤口。在内蒙古，由于外来人垦荒、开矿以及各种名目的开发，使草原大面积沙化。沙化的泥土不知去向，被剥掉绿衫的草原如同一个丰腴的人露出了白骨。失去草原的蒙古人，不知怎样生存。八百年来，他们没来得及思考放牧之外其他的生活方式。

青海的云，是游牧的云。云在傍晚回家，余晖收走最后的金黄，云堆在天边，像跪着睡觉的骆驼，一朵挨着一朵，把草原遮盖严密。不睡的骆驼昂首望远，是哨兵。到了清晨，水鸟在湖面喧哗，云伸腰身，集结排队。云的骆驼换上白衣，要出发了，去天庭的牧场。

# 惊蛰

“惊蛰两个汉字并列一起，即神奇地构成了生动的画面和无穷的故事。你可以遐想：在远方一声初始的雷鸣中，万千沉睡的幽暗精灵被唤醒了，它们睁开惺忪的双眼，不约而同，向圣贤一样的太阳敞开了各自的门户。这是一个带有‘推进’和‘改革’色彩的节气，它反映了对象的被动、消极、依赖和等待状态，显现出一丝善意的冒犯和介入，就像一个乡村客店老板凌晨轻摇他的诸事在身的客人：‘客官，醒醒，天亮了，该上路了。’”

我极少大段引述别人的作品，这回则不同，上面的文字，出自苇岸笔下的《廿四节气·惊蛰》，写于1998年3月6日，农历二月初八；天况：晴；气温：14℃—2℃；地点：北京昌平。抄在这里为的是纪念我的朋友，一位故去六年的优秀的中国散文家。

苇岸喜欢大地。大地虽然如此之大，但许多人早已感到陌生。他们的相关记忆是：道路、地板、车、写字楼、卧房和厕所。大地在哪里？人们影影绰绰觉得它在乡下，或者藏身于五十年之前的诗集里，它的一部分暂存在公园，其余的被房地产商人暗算了，至少给修改了。

如果不记得大地，人们上哪儿去体会惊蛰、雨水的含义与诗意？农历的节气，仿佛谈天，实则说地，说宽广的大地胸怀呼吸起伏。节气的命名非在描述，而如预言，像中医的脉象，透过一个征候说另一件事情的到来。

苇岸写道:“连阴数日的天况,今天豁然开朗了。……小麦已经返青,在朝阳的映照下,望着清晰伸展的绒绒新绿,你会感到,不光婴儿般的麦苗,绿色本身也有生命。而在沟堑和道路两旁,青草破土而出,连片的草色已似报纸头条一样醒目。”

而在我的居住地,惊蛰时分,草还没有冲出来用新绿包围从冬日里走出的人们。盘桓已久的街冰却稀释为水,像攥一个东西攥不住漏汤了。南风至,吹在脸上,是风对脸说的另一番话语,不止温润,还有情意。天气暖了,人们仍然喊冷。此际“冻人不冻水”,人的汗毛眼开了,阳气领先,反而挡不住些微的春寒。汗毛眼是人体九万八千窍孔之一,何故而开?因为惊蛰嘛。

惊蛰不光是雷的事情。雷声滚过来,震落人们身上的尘埃,震落草木和大地身上的尘埃。惊蛰不光是小虫的事,虫子终于在这一天醒了。谁说冬眠不是一种危险?醒不过来如何?以及到底在哪一天醒呢?惊蛰有如惊堂木,握在天公手里,“啪”的一声,唤醒所有的生命。

其实这一切是为春天而做的铺垫。春天尊贵,登场时有解冻、有返青、有屋檐冰凌难以自持、有泥土酥软、有风筝招摇、有人们手里拿着白面饼卷豆芽、有杨树枝上钻出万千红芽。是谁摆这么大的排场?

——春天。而惊蛰不过是迎接它的候场锣鼓,好戏在后边,像苇岸说的:“到了惊蛰,春天总算坐稳了它的江山。”

# 雨下在夏至的土地上

到了夏至，雨水不再是陌生人，它们像投奔故乡的游子，踩着云彩回到夏至的土地上。

夏至，雨的声音大过河水声、庄稼拔节声、蛙声。雨说给土地的话，要在夏至这一天一夜说完，土地根本没有插话的机会。对雨水而言，春秋冬三季造访土地只算做客，夏至才回到自己的家。

草毛了，从春天开始，草在雨水的定额里断断续续生长，属于计划经济。而及夏至，草逢豪雨，尽情挥霍，一边喝一边生长，还有余裕的水分洗一洗脚丫缝儿的泥。水有的是，草在风里甩去袖子上的水。白天，城里的草呆观街景，在夜里像冲锋一般疯长。才几天，街边公园的草已经高到让沈阳的老爷们儿站在其中撒尿了。以往如城堡一般的云朵全向夏至投降，化为宽大的灰筛子筛雨，减轻天空的重量。

二十四节气里边，夏至是第十个节气。公历6月22日前后，太阳到达黄经90°，此为天文学之夏至点。这一天，按照旧学说法，阳气极至，阴气始生，太阳北至。夏至之时好像十二时辰中的午时，十一点至十三点，阳鼎盛而催阴生。这个月，属十二生肖的午马当令，奔腾暴烈，下点雨只是小意思。卖弄一点中医学说，午时或者夏至，归于十二正经中的心经。心为火脏，刚烈蓬勃。火与心、马与午、夏与阳，都说生机勃发之至，乃至夏至。

雨下之不够，始于夏至。雨从春天开始一天天降价，像姑娘变成妇女。春雨因播种而贵，到夏至，雨回归大众，为野草榆树赖毛子青蛙蝌蚪下到冒泡。该长的全长出来，青苔亦随之厚泽，每一寸土地都长出植物。至于花，开遍了城乡大地。雨水充沛，花是草木对天的谢忱。大地无所有，聊寄一枝花。河南的唢呐曲牌，一曲名为“一枝花”。

《素问》曰：“心主夏”。养心的人于夏宜安，食苦味，助心气。对大地来说，心是生长，是让所有的植物尽性勃发。如果有什么东西到了夏至还没长出来，就永远长不出来了。

雨下在夏至的土地上。

大地母亲一手拢过雨水的子女，一手拢过草木的儿孙。这时候，大地最高兴，像看见满院子孩儿乱跑，天真无赖，比秋天的成熟还好看。

# 风

如果世上有一双抚爱的巨手，那必是草原上透明的风。

风是草原自由的子孙，它追随着马群、草场、炊烟和歌唱的女人。在塞上，风的强劲会让初来的人惊讶。倘若你坐在车里，透过玻璃窗，会看到低伏的绿草像千万条闪光的蛇在爬行，仿佛拥向一处渴饮的岸。这是风，然而蓝天明净无尘，阳光仍然直射下来，所有的云都在天边午睡。这是一场感受不到的哗变。在风中，草叶笔直地向前冲去，你感到它们会像暴躁的油画家的笔触，一笔、一笔，毫不犹疑，绿的边缘带着刺眼的白光。

风就是这样抚爱着草叶。蒙古人的一切都在这些柔软的草叶的推举下变成久远的生活。没有草，就没有蒙古包、勒勒车和木碗里面的粮食。因此“嘎达梅林”所回环祷唱的歌词，其实只有一句话：土地。每天，土地被风无数次地丈量过，然后传到牧马人的耳边。

到了夏季，在流水一般的风里，才会看到马的俊美。马群像飞矢一样从眼前穿过时，尾鬃飘散如帜，好像系在马身的白绸黑绸。而这样的风中，竟看不到花朵摇摆，也许它们太矮了，只是微微颤着，使劲张开五片或六片的花瓣。在风里，姑娘的蒙古袍飘飘翻飞，仿佛有一只手拽她去山那边的草场。这时，会看出蒙古袍的美丽，由于风，它在苍茫的草地上抖露亮丽。而姑娘的腰身也像在水里一般鲜明。

背手的老汉前倾着身子勉力行进，这是草原上最熟悉的身影。外人不明白在清和天气，他走得何以如同风中跋涉。风，透明的风吹在老汉脸上，似乎要把皱纹散开，把灰色的两撇胡子吹成小鸟的翅膀。

在这样的风里，河流仍然徐徐而流，只是水面碎了，反映不出对岸的柳树。百灵鸟像子弹一样“嗖”地射向天空，然后直上直下与风嬉戏，接着落在草丛里歌唱。它们从来都是逆风而翔，歌声传得很远。

# 草

北地，当冻土显露黑色，微微有一些潮湿的时候，土仍然坚硬，而草芽已经钻出来了。人实在无法想象，柔软像纸一样的草，怎么能钻透泥土的封锁；无法想象，水洗过一样新鲜的草，是怎样渡过漫长的冬天的。

草在生出的时候，抱紧身体，宛如一根针，好像对土地恳求：我不会占太多的地方。而它出生的土地，总是黑黑的，这是它的产床。黑色总是令人感动，好像泪水盈满了土地的眼眶。草是绿色的火，在风和雨水里扩展。一丛、一丛地，它们在不觉中连成一片。在草的生命辞典里，没有自杀、颓唐、孤独、清高这些词语，它们尽最大的努力活着，日日夜夜。长长的绿袖子密密麻麻地写着：生长。

青草出生的土地，散发着草的汗香。

惠特曼说，草“是一种统一的象形文字，它的意思乃是：在宽广的地方和狭窄的地方都一样发芽，在黑人和白人中都一样生长”。面对着草，能体会出谦卑的力量、贫贱的力量、民主的力量。这些观念像草一样，在静默中，分分秒秒都在生长。

“现在，它对于我，好像是坟墓中的未曾修剪的美丽的头发。”（惠特曼）我想起齐白石在晚年也说过：让我的坟头青草茂盛。这句话同样是一句诗。他们——这些洞悉人生的艺术大师，都穿越了生死之门，看到了草的生生不息。坟上青草，是生与死的美丽的结合。齐白石宁静地说出这句话的时候，仿佛看到了自己墓边的绿意绵绵，而把死已然忘记了。如惠特曼说的“这最小的幼芽显示出实际上并无所谓死，……生一出现，死就不复存在了”。

惠特曼的诗中无数次出现过草，而且他的“话语像草一样朴实”。在他笔下，在密西西比、棉田黑奴、巴门诺克、精神、流动、气概这些汹涌的词语中，有蓬勃的草叶长出来，缠绕着这些词，如同花环，散发芳香。

# 蝴蝶一如梦游人

会飞的生灵里，蝴蝶一如梦游人。它好像不知往哪儿飞，断断续续。鲍罗丁有一首曲子叫《我的生活》，听过，搞不清他的生活是什么样的生活，醉醺醺，有一点混乱，甜蜜忧伤各半，如蝴蝶。

蝴蝶蹁跹，像找丢失的东西。仔细看，它啥东西都没丢，触须、肚子和翅膀是它全部家当。它飞，一跳一跳，像人跺脚。也许，它视陆地为海洋，怕浪花打湿衣袂。

蝴蝶有大梦，伏落灌木的时候，其实在工作。梦里飞飞，直至被露水凉醒。诺瓦利斯说："如果在梦中梦见自己做梦，梦就快醒了。"它梦见城市的水泥地面长满卷心菜和十字花科椰菜，楼顶冒出清泉，空气变好了。蝴蝶对空气很挑剔，它的肺太纤弱。蝴蝶梦到月亮跟太阳商量，替它值一个白班。月色昼夜相连，雾一般的蝴蝶弥漫城市上空，如玉色的落叶，却无声息。

人愿把蝴蝶想象为女性，正如可以把鸟类想象为男性。鸟儿笔管高飞，一如士兵。蝴蝶一生都在草地灌木中。蝴蝶假如不怯生，从敞开的窗飞进人类的家里，那么——

落在酣睡的孩子的额上，有如天使的祝福。

落书页，好像字句开出素白的花。

落碗边，仿佛里面装满泉水。

落鞋上，这双鞋好像刚刚走过鲜花的草地。

落于枕旁，人梦见青草像一片流水淹没大地。

蝴蝶落在墙上的竹笛上，笛孔屏息，曲牌在一厢排起了队：平沙落雁、阳关三叠、大起板、鹧鸪天。

蝴蝶飞过人的房间，看人的床铺、厨房、牙刷和眼镜，缓缓飞出窗外，接着梦游。春天是做梦的季节，边飞边梦，蝴蝶就像年轻人。

# 河流里没有一滴多余的水

从质地上说,花瓣是什么?它比绸子还柔软,像水一样娇嫩。雨后的山坡上,如果看到一朵花,像见到一个刚睡醒的婴儿,像门口站着一个被雨淋湿的小姑娘。花瓣的质地,用语言形容不出来。而它的鲜艳,我们只好说它像花朵一样鲜艳。无论是小黄花、小白花都纯洁鲜艳。花能从一株卑微的草里生长出来,人却不能,连描述一下的能力都缺乏。

从性格说,马比人勇敢,而性情比人温和。马赴战场厮杀,爆炸轰鸣不会让它停下来,见了血也不躲闪。冰雪、高山和河流都不会阻挡马的脚步。它的眼睛晶莹,看着远方。把勇敢与温良结合一体,在人当中,可谓君子;在动物中,是马。我哥哥朝克巴特尔贫穷,却买了一匹良种马欣赏。他不让马拉车干活,也不骑。每天早上,朝克拎一桶清凉的井水,用棕刷子刷马,然后蹲下,咧着嘴对马笑。如果马吃糖,他一定给马买糖;如果马看电影,他会拉着马上城里看大片。朝克对马的感情,和城里人养宠物不一样,马是哥们儿,是朝克的偶像。马在天地间吃草漫游,用不着管马叫儿子,搂着睡觉。马影响爱马人的性情,使之“温而厉”。

从流动说,河水心里一定有巨大的喜悦,而后奔流不息。大河流动时的庄严,让人肃然起敬。它非在逃离,是前进。只有贝多芬的音乐能描述河流的节奏、力量和典雅。贝多芬的交响曲没有多余的音符,也没有乐器单独演奏，一切共进。而河流里也没有一滴多余的水，每滴水和其他的水密不可分，一起往前跑。河是巨大的家园，鱼在河里享受着比人更幸福的生活。夜晚，河流兜揽所有的星辰，边晃边亮。

从胸怀看，鸟比人更有理想。当迁徙的候鸟飞越喜马拉雅山的时候，雪崩不会让它惊慌。鸟在夜晚飞越大海，如果没有岛屿让它歇脚，它不让自己疲倦，一直飞。它不过是小小的生灵，却有无上的勇气。

人的勇气、包容、纯洁和善良，本来是与生俱来的。在漫长的生活中，有一些丢失了，有一些被关在心底。把它们找回来，让它们长大，人生其实没什么艰难，每一寸光阴都有用。

# 瓦罐放在月亮地

晚上睡不着觉,所想:

——入夜,摇井上辘辘,井绳无尽止,东山小星比原来亮,越摇越亮。到后半夜,小星照亮全村,柴火垛披白蓑衣,莒荬菜拖一个清晰的身影。

——用瓦罐到井边拎水,歇着时,揽照水里飘摇的脸。用手在瓦罐里舀水喝,瓦罐放在家里能照见月亮的地方。

——窗框换成木头的,雨后,看窗木有没有长出蘑菇。看木头变老,裂纹穿过原来的纹路。木头香味儿没了,窗框像一双老手扶着房子。

——到山里旅游,突然下车、下公路,拐进大荒之林。任别人喊,不管。穿过这座山和许多山,慢慢走回家,或许一年。胡子和鞋都破了,用看山看林看鸟看虫的眼睛看家里的东西。

——不管走到哪儿,身边跟一帮孩子。他们蹲下、站起来,把东西拿到这里那里。他们把石子送给你吃,假装是糖果。他们把你当成像熊一样笨拙但无害的废物,高兴了往你身上撒尿。

——知道猫的秘密,比如半拉黄脸的野猫每夜去洗出租车座套的作坊干什么。知道鸟的秘密,麻雀被关进笼子为什么会急死。知道最冷的天气,两洞桥下露宿的人为什么没有冻死。知道今年春天比唐贞观七年的春天早了几天。知道岐山路第三小学门口的杏树哪一朵花为我所开,做上记号。

——破译契丹大字(如今只破译出十六个字),面碑朗朗诵读,得知辽国命运如何如何,真乃“咦呀呀,啊呀呀”。

——学用萝卜刻牡丹花,和牡丹花一锅煎汁饮。把葱叶夹到酸书里去味。

——用鱼鳞片粘一把雨伞,用薄荷纤维织一件夏装,在窗玻璃上画满向日葵。

# 蜜色黄昏

从东村回来的路上，我突然看到夕阳中的胡四台村像油画一般典雅。

那些破烂的房屋全都穿上了镀金的衣服，静悄悄地站在白杨树边，温柔或许还可以说成羞怯。村边的湖泊热烈地盛满西天的堂皇，连鸭子也不敢下去嬉戏了。这条在绿草中露出难看的白色的公路，也变成暖色，像爬满橙色的小甲虫。色·拉西平时遭人讥笑的土屋也显出了艺术情调，屋檐探出的椽木如镀上一层铜色，屋顶的青草左右摇晃，像为羊圈里仅有的两只羊表演土风舞。此时正宜有一支四重奏乐队，比如“塔卡斯”，坐在村口演奏一支雅致深婉的曲子，鲍罗丁或斯美塔纳。

在余晖下面，白杨树不再是那个朴素的、穿着补丁衣服的牧羊人，而变成深情脉脉的少妇，丰盛的枝叶如眼波灼灼，树身如滚烫的面庞。在黄昏中，村里的屋舍草木都成了准备外出约会的盛装的情人。湖泊要和蓝紫色的晚霞约会，杨树和被鬃发遮住眼睛的白马约会，色·拉西家里那头白肚皮的小毛驴要和谁约会呢？它总站在栅栏里向公路那边遥望，每当开过一台拖拉机，它的耳朵就像劈叉一样变成平的。

岗根·哈日阿像雕像一样站在门口，这是我堂兄为了比赛而买的一匹洋马。它的高脚丰臀和微翘的尾巴，使它的动作像舞蹈一样轻佻。岗根·哈日阿从不套车干活儿，尽最大的力量高昂着头，削尖的血管密布的耳朵精巧警觉。它的眼睛如纯黑的水晶，雅净而无尘。我觉得，马比其他动物都更像雕塑，好像保持着从汉朝以来的姿势，身上的每一块肌肉都凸现分明，使人忍不住想摸一摸它宽厚的脖颈。在晚风里，马转过头来的身态，最让人心动，未剪的鬃发在风中披纷，它的聪慧的眼里似有无限心事。

如果马会开口说话，吐露的必是诗一般的柔情，关于河流、草地和郭日郭山那面的马们的爱情。我曾经看过两匹马在夕阳的草场上漫游、吃草，然后交颈伫立，蜜汁一样的暮色流淌在它们饱满的肢体上。

# 静默草原

谁有过这样的经历呢?

站在草原上,你勉力前眺,或回头向后眺望,都是一样的风景:辽远而苍茫。人难免为这种辽远而惊慌。

在都市里生活,或是寻访名山以及赏玩江南园林的人,都习惯这样的观察:眼光的每一个投射处,都有新景物可观,景随步移。

然而草原没有。

蒙古人前瞻的时候,总是眯着眼睛。他们并非欲看清楚天地间哪一样东西,而是想在眼里装填一些苍茫。

城里的人大睁着眼睛看草原,因而困惑。草原不可看,只可感受。

脚下的草儿纷纷簇立,一直延伸到远方与天际接壤。这颜色无疑是绿,但在阳关与起伏之中,又幻化出锡白、翡翠般的深碧或空气中的淡蓝。

因而草原的风景具备了看不到与看不尽这两种特点。

和海一样,草原在单一中呈现丰富。草就是海水,极单纯,在连绵不断中显示壮阔。

有一点与海不同,观海者多数站在岸边,眼前与身后迥然不同。草原没有边际。它的每一点都是草原的中心。与站在船上观海的相异处在于,你可以接触草原，抚摸、打滚甚至过夜，而海上则行不通。

在草原上，辽阔首先给人以自由感，第二个感觉是不自由，也可以说局促。置身于这样阔大无边的环境中，觉得所有的拐杖都被收去了，所有的人背景都隐退了，只剩下天地人，而人竟然如此渺小与微不足道。二十世纪哲学反复提示人们注意自己的处境，在草原上，人的处境感最强烈。天，果真如穹庐一样笼罩大地。土地宽厚仁慈，起伏无际。人在这里挥动双拳咆哮显得可笑，蹲下嘤嘤而泣显得可耻。

外来的旅人，在草原上找不到一件相宜的事来做。

在克什克腾，远方的小溪载着云杉的树影拥挤而来时，我愿意像母牛一样，俯首以口唇触到清浅流水。当我在草原上，不知站着坐着或趴着合适时，也想如长鬃披散的烈马那样用颊摩挲草尖。

草原上没有树，所以即使有风也听不到啸声，但衣襟已被扯得飘展生响。我扯住衣襟，凝立冥想。关于克什克腾的一些旧事，譬如霍去病在狼居胥山立碑，康熙大战噶尔丹等等一俱杳然无踪。

草原与我一样，也是善忘者，只在静默中观望未来。

# 星子缀满天空

星星对我展示一种人格化的亲近姿态，是在达里湖畔的一个夜晚。

达里湖形似一牛肩胛骨，位于克什克腾草原的西北边缘。我们到达之时已届仲秋，湖边遍生红草，像一堆堆暗燃的炭火，驱逐已经逼人肌肤的寒意。达里湖在蓝得刺眼的天空下悠然映出远山的倒影。在人迹罕至的蒙古高原，此湖安闲丰腴，像赋闲的天神。远眺湖面，鸥鸟起伏，浪挽涟漪，无意中领会到达里湖的女性化气息。难怪当地有传说，把湖神秘称“达丽娘娘”。

看达里湖，你要调动好精神，一口气把它看够，然后头也不回地离开。心若一软，贪图眼福回头再看一眼，就难免又看上半天。所谓“流连忘返”就是这个意思。你看到了什么呢？无非湖光山色，它如亘古不移又似瞬息万变。造化和人工的区别就在这里：人之手下无论多么巧妙的制品，刺绣也罢，园林也罢，总是极尽复杂，然而观者一目了然。自然展示的是单纯，好像啥也没有，浑然而已，给人以欣赏不尽和欲进一步了解却又无奈的境界。譬如看达里湖的蓝，令人惊羡，宛如在蓝中还有什么更美的东西。想起了一本台湾畅销书：《最蓝的蓝》。

入夜，我们几个不怕冷的人决意在湖畔的蒙古包下榻。蒙古包的样式设施均好，但这宜于夏夜里睡，离地半尺无遮拦，冷风自由去来。十多个人盖着被子和大衣挤在一起,在烛光下讲些稀奇古怪的故事。近子时,我出外解溲,却被眼前的景象惊呆得说不出话来。

满天的星星肃然排列,迎面注视着你。他们好像在蒙古包等候了多时。在这里看星星,星星们在你眼前亮起,一直亮到了脑后。你仿佛把头伸进了一座古钟里面,内里嵌满活生生的星星。我顿悟《敕勒歌》中为什么有"天似穹庐"的句子。在这里看到,天原本就是一个硕大的圆形屋顶,很低很矮,始终伏在人的脚底下。好像一抬脚,哪里都可以去得到。这儿的屋舍牛栏也是谦逊的,绝无都市大厦的傲慢。

站在夜风中的达里湖畔,脚下是地,遥遥与地相接的远方就是天了,因为那儿星斗闪烁。在草原看星星,无须仰头,可如观壁画一般平视。李白诗云"云傍马头生",不是虚言。在这里,星星会像铃铛一样系在马鬃旁。先人称"天圆地方",不错不错。以往看星星,觉得他们清冷遥远。在沈阳,几乎无星星可看。这里的星群太生动了,每个星都像伸着头在观察我。这里的星星多得很,它们拥挤嬉笑,它们矜持沉思。看到它们,我想起了"摇摇欲坠"这个不太中听的词。星星和达里湖里有一步之遥了。也许它们已经看清了人间的事情,便不欲进一步深入了,台湾诗人郑愁予将星星亲昵称为"星子",我看到的真是一群有灵性的星子。星子们,你们是别在哪一位酒醉的天神衣襟上的徽章呢?他踉踉跄跄地把你们携到了达里。这位天神一定是英雄,不然怎么会拥有你们这些精灵。银河在头顶疏然一束,怕会是天神从肩上滑下的薄薄的羊毛围巾吧。

# 雪地篝火

我想起以前在雪地燃起一堆篝火，离林子不远。

那时节，在做一件什么事情已经忘记了。燃篝火是在事情的开始，也许是结束之后或中间，但这与雪和火无关。

天空郁郁地降雪，开始是小星雪，东西不定，像密探，像飞蛾，像悲凉的二胡曲过门前扬琴的细碎点拂。散雪试探着落在河岸的鹅卵石上，落在荒地如弃尸般倒伏的衰草的茎叶上，落在我脸上甚至凝不成一滴露水。

我坐在杨树的树桩上，看天空越发阴沉的脸色。雪成片儿了，急急而降，像幕侧有梆子骤催。鹅毛雪应该是这样，使人看不出十米外的景物，邮票大的雪片一片追着一片，飞钻入地，像抢什么东西。不知一片雪由天而落需要多少时间。地面白了，因而不荒凉。树枝分叉的角度间也垛着雪。秋天翻过的耕地，如半尺高的白浪头。

我到林里拣干柴火，找一处开阔地拢火。我把皮袄脱下来当扫帚清理一块地，掏出兜里的废纸引火。初，火胆小，不敢燃烧，经我煽动鼓吹，慢慢烧起来。干柴火剥剥响几声，火苗袅娜忸怩，似乎于雪天有什么不妥。火苗的腰身像印度人笛声下蛇一样妙曼低回，我不断扔干柴，火像集体合唱一样坦荡地烧起来，庄严典雅。

在篝火的上空,仿佛有一个拱形的金钟罩,把雪隔开了,急箭似的雪片仿佛落不到这座火宫殿上。我默默看着火,透过火的舞蹈竟看不到雪的身影了,如同透过雪的身影看不到树林的背景。

想起一位法国人说的话:“火苗总是背对着我。”当你在野外观察篝火时,的确觉得火苗是背对着你。它们手拉手跳呼啦圈舞,最得意那束火苗扭着颈子。

篝火不时坍下来,炭红的树枝挂一层薄灰。火堆边缘的泥土融化了,黑黑的如感动的面孔。土地也许认为春天来了,因而苏醒,用潮湿的眼睛看我。

黑湿的土地和雪形成圆的边缘,彼此不进不退。我的篝火仍然不知深浅的高扬,它们也许幻想可以把雪止住吧。

在火周围,雪片仍然肃穆降落,仿佛问题很严重了。虽然惹不起火,但该下还是要下。那些不幸跳入火里的雪片,是惊是喜呢?但雪们谁也没想到这时候大地上竟有一堆火。那时,我穿着白茬羊皮坎肩,腰扎草绳,坎肩里是志愿军式的绗竖线军棉袄。我坐在树桩上,用木棍扒拉着篝火,也许在想家,也许在揣测爱情。总之,我现在已经忘了,那是知青时候的事。

火势弱了,火苗一跳一跳。雪片压下来,落在炭上遂成黑点,伴着微小的声音。我懒得再去弄柴火。雪最后把灰烬覆盖,一切归于平静。

往回走的时候,我发现雪已淹没了大头鞋。抬眼,身后不冻的茫古木郭勒河在夹雪的两岸流成了黑色,它沉缓涌流,间或浮溢白雾,仍有广大的悲凉。

许多年之后,在办公桌前填什么表时,面对“业绩、贡献”一栏,我真想填上:“在雪上里点起一堆篝火”。

下雪时,我仍有这样一种梦想。

# 云彩

小时候，最羡慕云，认为它去过很多地方，饱览河山景色。那时候，以为只有空军才能坐飞机，一般人坐坐拖拉机已经很好。

我看到云彩每每和山峰对峙，完全是有意的，想起毛主席的词“欲与天公试比高”。而云彩常常在远处，也是我小时候奇怪的一件事。问大人：咱们咋没有云彩呀？大人支支吾吾，完全不关心这件事。我读过分省地图册之后，以为云彩也是中央分配的，一个地方多少有定额。显见，我儿时即有计划经济即体制内的思维特征。我所看到的云彩，其实是外地的。于是改为羡慕外地人，他们抬头就看到了大朵的云彩，多么享受。

后来，去黄山，见白云从脚下的山谷缠绵而过，真想往下跳。他们那儿的云彩实在比我老家多多了。当一拨儿云雾席卷而过之后，再看山峰，神色苍老坚硬。而云，连一片叶子也没有带走，无语空灵。

幼时，我相信云分为不同的家族。它们不断在迁移，赶着车，带着孩子和牲畜——自然去了一个很好的地方。云彩怎样看待地上的人群呢？人可能太小了，它们看不见。后来，我曾站在房顶上对着云彩挥舞一面红旗，并相信它受到了感动。

我爱唱一支歌：“蓝蓝的天上白云飘”，其实只喜欢这一句，后面的词属不得已。对着天唱歌尤其有意义,只是仰着颈唱歌,气有点不够用,老想咽唾沫。我曾对着云彩把此歌唱过好多遍,像献礼一样。

# 流水

流水的声音好听，从小溪穿过鹅卵石，乃至水穿过人的喉咙钻入肚子里的声音，都好听。跑步之后，口渴如弱禾，仰面饮水，我听到“咚咚”的水声，极为敬佩。这是什么声音？水砸在肠子上，还是喉咙像活塞一样收缩？

夏季跑步之后，我大约要喝1246毫升的水，其中漏出来一些，化为汗。运动结束，人的皮肤如同漏斗。喝过水，你盯着自己的胸脯看，每个汗毛眼都冒出一眼泉，互相投奔，化为大滴的汗流下，还拐走了我体内的一些盐分。回头多吃一个咸鸭蛋就成了。

喝过水，我想象水在身体里面的神秘旅行，经过胃，在小肠排空，进入血液当中。我拍拍大腿、胳膊，和那些水打个招呼：到了？都到了。其中最活跃的水，已经跑入微细血管，即身体的表层，所谓皮肤。

我喝过的水，有龙井、可乐、伪装成苹果颜色味道的碳酸饮料，还有矿泉水、自来水。它们在血里流淌，如果把听诊器放在脉搏上，所听到的就是流水的声音，咚咚，跟喝水的声音差不多。

水的声音，是水的喊叫与诗歌。水流的时候，一点点的阻遏、不平、回转都要发出声音。如果在三里之外听一个瀑布的喊叫，急促的呐喊变为低缓喉音，像弦乐的大提琴声部。而滴水之音，是孩子的独语，清脆而天真,像念课文一样。屋檐的泻水是女人的絮叨,漫长而缺少确切的意义。而风中的雨水,像鞭子与泼墨写意,是男人的心声,在夜里听到尤为峻切。

在北方的冬季,河床的冰下会传出流水的声音,像笑声,不由让人想趴在冰上寻找一阵。冰下的水流黔黑,浮漾白雾,庇护着黑脊的游鱼。如果人耳的听觉范围再扩大一些,还会听到水在树里流淌的声音、在花盆的土里渗透的声音:呼啦啦、哗啦啦,像在龙宫里一样。

# 棉花

如果棉花就是棉花所开的花的话，这种植物的名称多么富于诗意，它是汉语中最美好的词汇之一。我在心里已经不止一次地感谢过那个命名的人。

为棉花命名的人，是那种朴素到词穷的诗人，是富有儿童心智的农民。他指着一个个棉桃，想象出白云一样柔软的棉，那是它的花朵，那么就叫棉花。在我所认识的庄稼中，用“花”命名的只有这一种。

在庄稼的命名中，谷、稷、菽、粱，仍然保留着单音节的古音，古人说话或许是当当的，现在听来僻而拗。而棉花充满生活气息，像童话。棉——，这个音多么温软悠长，带着女性的柔婉，而花是儿童们最喜欢的一个词。把棉花合起来，让人想起家，想到油灯和亮堂堂的灶火。

如果不允许使用“上帝”这个词，我不知道是哪一只手为人类提供了这么厚重的关怀，他使土地上长出棉花。棉花千重万缕的纤维，哪是什么花，那是使人度过寒冷的宽暖的手掌。如果棉花是上帝的作品，我们则由此得知上帝在温厚之外的精巧，棉花的每一根丝从茎里长出需要多么大的耐心。在雄峻的山川河流这些大作品之外，上帝也没有忘记造出棉花。

我越来越少听到“棉花”这个词，然而也庆幸这个词还没有被污染。有多少美妙的词汇由于虚情假意的滥用而黯然失色，像心灵、麦子、爱、信仰、内心深处，等等。而棉花悄悄地躲在乡村，像一个羞怯的、没有上过学的小女孩。我们低声说“棉花”的时候，会感受到我们自己仍然朴素，仿佛眼睛仍然是明亮的，双手经常能摸到庄稼与树，在河流里洗脸，脸上经常流汗并在阳光下晒干。这样的人是幸福的。

# 蜜蜂

蜜蜂丢了什么东西吗？它们匆匆忙忙，像寻找。

故事说，蜜蜂寻找着一封古代皇帝留下的信件，信上写着小蜜蜂怎样可以变成一只飞越大海的鸟，变成鱼或一头大象。

虽然大家认为当一个蜜蜂已经很好了，轻盈，而且芳香。但蜜蜂还是愿意变成更大的动物，跑来跑去或游来游去。

传说这封信藏在花朵里面，当然它很小，只有一滴水的十分之一左右，上面的字小得只有蜜蜂才能看得清。

蜜蜂们——我说的是所有的蜜蜂——找遍了天下花朵，找不到，就在空中“嗡嗡”地抱怨一番，接着飞向另一朵花。

每找过一朵花，蜜蜂做一个记号。但花朵实在太多了，它有时来不及做记号，所以，时常地返工，把花蕊重新翻拣一遍，弄得到处都是花粉。

它们太累的时候，吐出蜜来。对蜜蜂来说，蜜就像一个日记本，记载着每一朵花的形状和颜色，包括花瓣的长短和花粉的味道。

有一天，一个蜜蜂老了。它的薄翅有许多地方已经残破，修补不好，飞不动了。它伏在槐树的枝上打瞌睡，看到许多年轻的蜜蜂飞来飞去，一时替它们惋惜。

它想告诉年轻的蜜蜂——当然这是善意的——不要再找那封信了，

也许压根就没有这封信。但年轻的蜜蜂没时间停下来听老蜜蜂的劝告。也许就在听它劝告的时候,恰巧找到那封信了。

老蜜蜂想,找就找吧。如果不这么奔忙,蜜蜂会胖得像一只大白蚕,也不会留下这么多蜜。花朵为蜜蜂而开,把花的话语带给其他的花。这是一个造物主的秘密。

这个秘密包括,让蜜蜂永远相信可以找到那封信,然后变成更大的动物。

# 黄土

世上我所珍爱的，今天才知道包括黄土。

我说的黄土，是那种新鲜的、无忧无虑仰卧在无垠大地上的——什么呢？亲戚、朋友、长辈或伙伴？——总之是黄土。鲜润的黄土比鲜润的女人更惹人爱。人们走过它们，弯腰，以十指插入土里，攥一把，捏出个形状，放在眼前看。黄土好啊，清洁。朴实而又清洁，这不令人神清目爽吗？好黄土一点不脏，像粮食那么干净，但排列得更紧密。你如果把黄土放在鼻下吸嗅，说“香”也许矫情，说“土”仿佛什么也没说。但这气息的确有一种直抵丹田的力量，不飘亦不滞，可以扑面而来又依偎着你。黄土的气息和麦子、高粱以及杨树的味道均有亲属关系，高粱把土气变甜了，杨树把土气变苦了，艾蒿把土气变香了。但黄土是宽容的大神，不在乎这些，仍从气息里透出广阔的微笑。

黄土，我想用词语华丽你，譬如“金色的云啊”，但眼睛一看到你就犹豫了，土地不可美饰。

我可笑地认为，只有农村才有黄土。应该说城市也有，但被楼房和马路压在地下了。我喜欢在一望无垠的黄土上踏步走路，走到哪里都无妨，不拘林边或河边。黄土陷我，是拽我作客；黄土平坦，是谕我整肃。我还想在一溜白杨树带的边上，以十指为铲，噌噌向下挖掘，把带有新鲜气息的土扬出来，土和我手指的接触何等愉快呀。我望着自己掘出的小丘，想象田鼠原是幸福之辈，在黄土里钻冲，分洞穴为上下铺，置藏花生玉米，闲暇时瞪着乌溜溜的大眼张望世界。

近日，我家楼下重修下水道，挖至一米深，堆起许多黄土。我见故人，欲亲近却无章法。不能和黄土贴脸，也无法与黄土说“你好”。看着它们堆耸如丘，小孩子爬上爬下，默然而已。

再想起以往皇上出巡，基层单位“净水泼街，黄土垫道”，我曾为之矫情感到可笑。细合计，黄土铺满大道，白杨夹迎，的确是最高礼遇了。谁不说清水和黄土都是最好的东西？

又有“哪里黄土不埋人”之说，所谓大丈夫死不择地，五湖四海可见。黄土不仅埋人，尚掩埋一切生长一切。人对死者的态度，古今都取掩埋一法，即他们死了，就宜于阳界消失。埋没使活者看不到他们，树个坟包纪念，这是一种尊重，如同曝尸是一种惩罚。土地埋人，是因为只有土地能够埋人。黄土埋人，讲的是此物干净，与没有灵魂的肉身极契合，只是过于深重。

# 长城之外的草香

## ——读《席慕蓉和她的内蒙古》所记的随感

一次聊天，朋友说："日本人为什么喜欢哭呢？你看小泽征尔，说说就哭了。"

我不知小泽何以哭，知其父与两个侵华主将是朋友：板垣征四郎和石原莞尔，于是"征尔"。后来想这句话，感觉东北亚民族，具体说是阿尔泰语系的人们常常会流泪。朝鲜人，日本人，还有蒙古人。从他们的歌声里能听出悲伤。这几天读一本诗文摄影集，《席慕蓉和她的内蒙古》，目睹许多故乡的景物。读着，泪水哗然落下，想起了朋友那句话。想，泪水跑出来看这些画面，这也是我的内蒙古，虽然"就这样一直走下去罢/不许流泪 不许回头/在英雄的传记里 我们/从来不说他的软弱和忧愁"（席慕蓉：《祖训》）。

## 一

一群孩子向我们招手。

如实说，他们向摄影者招手。我看这些手，像看他们的脸。有的手羞涩，有的手大胆。有的孩子像上课发言那样举手，而他像敬礼，他在击掌，他在模仿别人伸出了手。

这些手的手心白，手背黑。它们牵马，摸土，捧石块堆在敖包上，拣牛粪回家晾干。这些手长大什么样？就像我在另一张图片看到的：一群人站在土路边上迎接客人。一个女人平端葱心绿带桃红滚边的蒙古袍，她的手弯回去攥衣服，骨节突出。另一个女人用海青色的哈达包着白瓷的酒瓶和镶银边的木碗。这些手黝黑，人不过三十多岁，手已经老了，就像这一片土地老了。有沙子的土地，野菜比草还多。

迎宾的队伍很长，站在车辙边上。一个孩子怕自己探出队伍，反手抱住大人的腿，而小狗大模大样站在路中央，眼上方有神气的斑点。

这是给谁的蒙古袍？给一个游子——席慕蓉。"在'故乡'这座课堂里/我既没有学籍也没有课本/只能是个迟到的旁听生"（席慕蓉：《旁听生》）。

我看到十五六个用手笑的孩子，那件折叠的（诺日古拉的）蒙古袍有多么贵重。

## 二

白桦林要演出了，她们在候场。

如果树会唱歌，最先唱的是白桦林。

她们合唱。唱河水呀，云彩呀，还有小松鼠蹦蹦跳跳，藏不住后边的尾巴。

在树里面，桦树像准备奔赴一个地方，什么地方？

我小时候，我爸坐炕头晃着身子唱一支歌："高高的山上/流下一道清泉/清泉里的水呀/明亮又清澈/啊咴 清泉的水呀/灌溉着草原/草原的人们/幸福又快乐。"

我印象深的，是他唱"水呀"。我爸因为支气管粘连，"水呀"嘶哑。

"水呀"是蒙古人的命根子。而今草原沙化，到哪里去"水呀"呀？

白桦树想去的地方是我爸唱的那个地方。吾父唱出一个生态链条。

山→水→草原→人。

我小时候想,“幸福又快乐”谓之何义?幸福不就是快乐吗?非,幸福指一个大环境,快乐乃我等心里面小小的欢愉。

白桦树把裙子拎过脚踝,准备过河了,去一个地方,好地方。

## 三

西拉沐沦河如同脱去衣服洗澡的巨人,肌肤比鱼还白,露出波浪的肋骨。后来它睡着了,水鸟喊都喊不醒。

八只水鸟有红红的脚蹼,六只翅膀向下,两只向上,像拉满的、放松的弓,箭呢?

## 四

像向日葵那样黄,像凡高饮苦艾酒吸雪茄烟造成神经错乱之后想象出的黄,像蜜蜂从花蕊里刚拔出的马裤般的大腿那样黄,像月亮喝过菊花酒于黄昏时分的黄——这是大兴安岭的落叶松林。

有一句歌词叫“金色的兴安岭”。小时候,我想:兴安岭怎么会是金色的呢?今天见到了。

是说秋天,说雨后,说灰蓝的群山像父亲一般照看这片落叶松林。香奈儿一支香水叫“五号”,不是第五款,她的幸运数字是“五”。香奈儿给自个儿起个名儿叫“可可”。可可说五号香水代表着北欧白夜的气味。我情愿告诉可可,去金色的兴安岭采集落叶松的香气吧,创造一款新香水。可惜她死了。临死前,香奈儿对用人说:“你见过人死亡吗?我今天就让你见到。”然后谢世。

“兴安”,是蒙古语,再往前也许是突厥语,我不懂。这是一个好词。

兴安,芳香的、泥土的、松针腐烂的、小鸟做窝的、宽展的、吉祥的名字。兴安!

## 五

一杯酒,洒在草原上。照片里的酒浆如同几十枚银币叠加滑落,小小的酒盅怎么能盛下这么多酒呢?

内蒙古的土地经常会遇到酒,因为祖先、森林、河流和亲人的缘故。

## 六

他们戴着解放帽。

这是解放军当年戴的制式军帽,后来老百姓也戴。在那个年代,一切人都戴这种帽子。

后来,越南战士、高棉的波尔布特的战士、尼泊尔毛主义战士、墨西哥的"副司令马科斯"的持木头枪的战士都戴这种帽子。

察哈尔牧人戴解放帽,穿蒙古袍,站在敖包前祭拜。女人戴护士的帽子或头巾。

那是1989年。

## 七

通戈拉格唱歌了,她的身影拉得很长,比身高长一倍,这应该是上午九点多钟;春天,草刚长出来。远处的砖房还没有开窗。

通戈拉格用尖细的童声唱察哈尔民歌。在牧区,如果两个蒙古孩子在一起唱歌,会唱出和声,我对此不理解。和声需要专业培训,需要有人写配器,小孩怎么会无由地唱出和声呢?但确实听到过。

就《乌尤黛》这首歌而言,次序的乐句几乎是上一句的和声。结实而单纯的旋律,像一个花梨木的架子,可以放上去很多东西。但这个事不太容易说得清楚。

## 八

蝴蝶落在没有开放的桔梗花上。蝴蝶好像对花说："开不开？你不开我开，比你鲜艳。"

我忍不住想批评这只蝴蝶，太骄傲。

桔梗花有蓝色和白色的花朵，五角对称旋转。在英文里，桔梗叫"balloon flower"，直译为气球花。桔梗花瓣有鲜明的纹路，比杨树叶子的脉络还清晰。而落在花上的蝴蝶的翅膀的纹路更清晰。它们俩可能正在比对纹路。

《桔梗谣》是高丽民歌，原产地江原道，后来传遍世界。桔梗的根粗壮淡黄，是东北人爱吃的朝鲜小菜的原料。桔梗的中药药性为宣肺祛痰，而蝴蝶没什么药性。

我小时候听说，如果用捉蝴蝶的手拢东西吃，翅膀上的粉会让人哑巴。

哇！

## 九

马站在浅浅的河水里，水流过，围绕碎银子的水花。

马喝水，而小马吮吸它的奶。

小马像刚生出来，尾巴带着波浪，鬃毛也鬈曲。

锡白色母马的鬃毛，黑黑地披散下，遮住了眼睛。其他的马在看小马吃奶，这是庄严的仪式。

动物的母亲没有糖果，没有玩具和新衣裳，只有奶水，而母爱比人质朴。

## 十

元上都是一座大城市,马可·波罗说它是中华帝国最美丽的都市,宫殿巍峨华丽,而今已荡然无存。

这地方的"羊群庙石雕像",淳朴华美。

一个石人坐在交椅上,肩膀上刻着回环的缠枝花纹。这些枝条的绕转方向有两种手性,右手性与左手性。

植物学所说的手性(chirality)指植物生长的旋转方向。贝壳、人和动物的毛发和人的指纹都有手性。

"任何一个非对称生长因子都会导致螺旋的产生, 如果螺旋达到一定程度,植物就不可避免地出现旋转,其原因永远是某种不等量生长。"(库克《生命的曲线》)

藤缠树一般是右手性, 啤酒花是左手性,DNA 的双螺旋也是右手性。

石人的脑袋没了,手里捧的东西也被凿掉,最奇怪的是他从肥硕的袍子里探出两只小而尖的脚。

## 十一

哈——扎布,你看他的手掌,软而厚,平日藏在蒙古袍的袖子里,唱歌时才拿出来。

"拿"是拿出歌声和一切好东西。

他说:"面对死亡,我并不惧怕。此刻,我的心情就像佩戴银鞍子的骏马,兴高采烈地往前走哪。"

大师的话。

从中世纪以来,好像来自民间的艺术大师已经没有了,哈扎布却是一位。他的歌声,哪里是歌声? 承载着蒙古人的所有。

席慕蓉诗：

"我折叠着我的爱/我的爱也折叠着我/我的折叠着的爱/像草原上的长河那样宛转曲折/遂将我层层地折叠起来"(《我折叠着我的爱》)。

说尽了哈扎布的歌声。

歌王哈扎布(1922—2005)。

## 十二

想,水晶在指尖光芒晕眩,而蝴蝶也盯着指尖。我只好举着这只手指,走了很远的路。

想,羚羊站在山冈,灌木角拆散流云。

想,野花对谁仰起了脸庞？白的、蓝的脸,也有红脸,它们目不转睛。

接下来想,从羚羊之崖的上方,流水冲桃花,岸坍漂过整株桃树。坐轿子的桃树戴着花朵,左顾右盼,宛在水中央。

白雾止息了野百合与田鼠的对决,夜的蟒衣披在每一棵树上,深邃千里。

这像我对故乡的印象,尤其在杜康之后。

## 十三

越过巴丹吉林沙漠,到达曼德拉山,会看到史前岩画。

人们研究它的年代、作者、主旨,我关心的只有一件事:颜料。

什么颜料几万年不褪色？画的内容,我认为很容易理解。你看,这个丰满的人的肚子里还有一个小孩,说明她是母亲。她胸前一边点一个点儿,乳房,当然是母亲。骆驼双峰之间有一个太阳,是什么？有诗为证:大漠孤烟直,长河落日圆。

它们如儿童的画作。人类的儿童时期的画,稚拙、快乐。在镀银一般的宝蓝的岩石上，刻画橙黄的线条。人家早就知道橙是蓝的对比色，两者搭配舒服。

## 十四

所谓树桩，是被斩首的树，是树的遗骨或开裂的冢。

树桩都很粗，年轮湮灭，长满苔藓。而它身边尚细的白桦树，像拉着手的儿童，惊恐地看树桩，不肯离去。

或说，树桩是祖母干瘪下垂的乳房，是悬崖上被蒙住眼睛的骆驼。

我见过老死、完整的树，在四川海螺沟。巨大的、活了几千年的树老死了，倒在林中，而身上有许多生物，小虫呀、蜘蛛啊，老寿星多么幸福。

在我老家，过去有挺多林场——林的屠宰场。现在没了，因为没树了。人们扛着电锯、唱着歌儿，杀伐那些粗的、直的、好的树。伐树的“伐”字其实挺可怕，比军阀的“阀”吓人。树没了，沙子来了；人搬走，大地荒芜。

旧小说写豪强，常用“动了杀机”。机是机心，而杀是人之恶念中最恶的一种，不止杀人，还杀动物，植物也不放过。

草原沙化之后，都市的人只感到空气指数下降，车上落土，衣服需要再洗。有人想过没有？在所谓沙化的源头，牧民的家园没了。这里原来是一望无际的草原。你们衣服脏了，而他们的家园万劫不复。是谁毁掉了这一切？

## 十五

回到马。马在马群奔跑，嗅马的汗味，还有踩踏而出的草香。而这匹马披着彩色的毯子，毯子印有大朵的牡丹花，马去参加那达慕大会。

“那达慕”的意思是玩耍。牧区的马天天玩耍，玩耍半径每天好几百里。草滩去过了,蹚一蹚河水。后来,枣红的、花白的、炭黑的马站在了山冈上。

三马之中,一个是母亲,另两个是马童。

## 十六

包井兰是谁?我媳妇的奶奶。我从这些蒙古女人的照片上看到了她。这个蒙古老太太爱唱民歌,她爱黄昏时分柱杖于沈阳大街上,迎我岳父。为什么?怕他迷路,怕他找不到家。

我岳父快六十岁了,会找不到家吗?会,怎么不会?奶奶天天担心着,守望着,让儿子平安回家。

有一天,我偷闲回家,发现奶奶和一个穿阴丹士林蓝布衫,梳高髻(在沈阳,这样装束很特别)的老太太在南屋小声唱《诺恩吉雅》。我侧听,奶奶出来,看到我,白皙的脸上满是笑容羞怯,她说:"原野,哈哈,哈哈哈。"

她拄一支拐杖,那个高髻老太太也拄一支拐杖(她从多么远的地方来到的啊!)这一对老姐俩偷着(怕打扰别人)唱《诺恩吉雅》、《达古拉》,还有《天上的风》。

## 十七

风当鞭子,跨喜马拉雅之马。高原暮云四合,金箭放射。大湖漂来牧歌,这边是草,那边是花。

鹰当毫翎,"长生天"写上苍天。天空云追风转,龙蛇翩跹。先人庇佑草原,这边是马,那边是家。

## 十八

一捧一捧的奶子花开在了巴尔虎草原,花朵挤在一起,像看戏的儿童的脸。

二战时的日军把这些花叫“诺门罕樱”。

奶子花浅粉，花蕊金黄，好像每朵花里钻进了一只蜜蜂。

## 十九

成吉思可汗训辞中有：“越不可越之山，则登其巅；渡不可渡之河，则达彼岸”。对我来说，不可渡之河，乃由泪水汇聚，于心头桴渡。而不可越之山，是永远只存在脑海里的家乡。

# 羊的样子

“泉水捧着鹿的嘴唇……”这句诗令人动心。在胡四台,雨后或黄昏的时候,我看到了几十或上百个清盈盈的水泡子小心捧着羊的嘴。

羊从远方归来,它们像孩子一样,累了,进家先找水喝。沙黄色干涸的马车道划开草场,贴满牛粪的篱笆边上,狗不停地摇尾巴;这就是胡四台村,卷毛的绵羊站在水泡子前,低头饮水,天上的云彩以为它们在照镜子,我看到羊的嘴唇在水里轻轻搅动。即使饮水,羊仍小心。它粉色的嘴巴一生都在寻觅干净的鲜草。

然而见到羊,无端地,心里会生添怜意。当羊孤零零地站立一厢时,像带着哀伤,它仿佛知道自己的宿命。在动物里,羊是温驯的物种之一,似乎想以自己的谨小慎微赎罪, 期望某一天执刀的人走过来时会手软。同样是即将赴死的生灵,猪的思绪则完全被忙碌、肮脏与浑浑噩噩的日子缠住了,这一切它享受不尽,因而无暇计较未来。牛勇猛,也有几分天真。它知道早晚会死掉,但不见得被屠杀。当太阳升起,绿树和远山的轮廓渐渐清晰的时候,空气中的草香让牛晕眩,完全不相信自己会被杀掉这件事。吃草吧,连同清凉的露珠。动物学家统计:牛的寿命为二十五年,羊十五年,猪二十年,鸡二十年,鹰一百年。这种统计如同在理论上人寿可达一百五十年一样,永无兑现。本来牛羊可以活到寿限,它们并非像人那样被七情六欲破坏了健康。在人看来,牛羊仅仅作为人类的蛋白质资源而存在着。屠夫也从不计算它们是否到了寿限——像人类离退休那样有准确的档案依据。时至某日,它们整齐受戮,最后"上桌"。如果牲畜也经常进城,看到橱窗或商店里的汉堡、香肠和牛排之后,会整夜地睡不好觉。甚至自杀,像上千只的鲸鱼自杀一样。另一些思路较宽的动物可以这样安慰自己:那些悬于铁钩上带肋的红肉,在馅饼里和葱蒜杂掺一处的碎肉,皆为人肉。因为人是这样的多,又如此不通情理,他们自相食。这样想着,睡了,后来有鼾。

"众生"是释迦牟尼常常使用的一个词。在一段时间内,我以为指的是人或动物昆虫。一次,如此念头被某位大德劈头问住:你怎么知道"众生"仅为鸟兽虫鱼与人类?你在哪里看到佛这样说法?我不解,"众生"到底是什么呢?佛教公案里有一段话,"众生皆有佛性, 只是尔等顽固不化。"所谓"不化"即不觉悟,因而难脱苦海。后来获知,"众生"还包括草木稼蔬,包括你无法用肉眼看见的小生灵。譬如弘一法师上座时把垫子抖一抖,免得坐在看不见的小虫身上。可知,墙角的草每一株都挺拔翠绿,青蛙鼓腹而鸣,小腻虫背剪淡绿的双翅,满心欢喜地向树枝高处攀登,这是因为"众生皆有佛性"。即知,"佛性"是一种共生的权利,而"不化"乃是不懂得与众生平等。若以平等的眼光互观,庶几近于佛门的慈悲。

乡村的道上,羊整齐站在一边,给汽车马车让路。吃草时,它偶尔抬起头"咩"的一声,其音悲戚。如果仔细观察羊瘦削的脸,无神的眼睛,大约要得出这样的结论:这些牲灵"命不好"。时常是微笑着的丰子恺先生曾愤怒指斥将众羊引入屠宰厂的头羊是"羊奸"。虽然在利刃下,"羊奸"也未免刑。黄永玉说:"羊,一生谨慎,是怕弄破别人的大衣。"当此物成为"别人的大衣"时,羊早已经过血刃封喉的大限了。但在有生之年,仍然小心翼翼,包括走在血水满地的屠宰厂的车间里。既然早晚会变成"别人的大衣”,羊们何不痛快一番,如花果山的众猴,上蹿下跳,惊天动地,甚至穿着“别人的大衣”跳进泥坑里滚上一滚。然而不能,羊就是羊,除非给它“克隆”一些猛兽的基因。夏加尔是我深爱的俄裔画家。在他笔下,山羊是新娘,山羊穿着儿童的裤子出席音乐会。在《我和我的村庄》中,农夫荷锄而归,童话式的屋舍隐于夜色,鲜花和教堂以及挤奶的乡村姑娘被点缀在父亲和山羊的相互凝视中。山羊眼睛黑而亮,微张的嘴唇似乎在小声唱歌。夏加尔常常画到羊,它像马友友一样拉大提琴,或者在脊背铺上鲜花的褥子,把梦中的姑娘驮到河边。旅居法国圣保罗德旺斯的马克·夏加尔在一幅画中,画了挤奶的女人和乡村之后,仍然难释乡愁,又画了一只温柔的手抚摸画面,这手竟长了七个指头,摸不够。在火光冲天、到处是死亡和哭泣的《战争》中,一只巨大的白羊象征和平。在《孤独》里,与一个痛苦的人相对着的,是一位天使和微笑的山羊。夏加尔画出了羊的纯洁,像鸟、蜜蜂一样,羊是生活在我们这个俗世的天使之一,尽管它常常是悲哀的。在汉字源流里,羊与“美”相关,又与“吉”有关,如汉瓦当之“大吉羊”。从夏加尔二十七岁离开彼得堡之后七十年的时光里,在这位天真的、从未放弃理想的犹太老人的心中,羊成了俄罗斯故乡的象征。在大人物中,正如有人相貌似鹰如叶利钦,像豹如萨达姆,也有人像山羊,如安南,如受到中国人民包括儿童尊敬的越南老伯胡志明。宁静如羊的人,同样以钢铁的意志,带领人们走向胜利与和平。

城里很少见到羊。我见过的一次是在太原街北面的一家餐馆前。几只羊被人从卡车上卸下来,其中一只,碎步走到健壮的厨工面前,前腿一弯跪了下来。羊给人下跪,这是我亲眼见到的一幕。另两只羊也随之跪下。厨工飞脚踢在羊肋上,骂了一句。羊哀哀叫唤,声音拖得很长,极其凄怆。有人捉住羊后腿。拖进屋里,门楣上的彩匾写着“天天活羊”。

后来,我看到“天天活羊”或“现杀活狗”这样的招牌就想起给人下跪的羊，它低着头，哀告。到街里办什么事的时候，我尽量不走那条道，即使有人用“你难道没吃过羊肉吗？”这样的训词来讥刺我。此时，我欣慰于胡四台满山遍野的羊，自由嚼着青草和小花，泉水捧起它们粉红的嘴唇。诗写得多好，诗中还说“青草抱住了山冈”，“在背风处，我靠回忆朋友的脸来取暖”。还有一首诗写道，“我一回头，身后的草全开花了，一大片。好像谁说了一个笑话，把一滩草惹笑了”。这些诗，就仿佛是为羊而作的。

# 火的伙伴

在大雪飞落的冬季,“烤火”成为一个甜美的词。

人们出去、进来,仿佛是为了接近烤火而做一些准备。

烤火的姿势最美。伸出手,把手心与动荡的红焰相对。你发现手像一个孩子,静静倾听火所讲述的故事。

我爱看烤火的手,朴实而温厚,所有在劳动中积攒的歌声,慢慢融化在火里。抓不住的岁月的鸟翼,在掌心留下几条纹,被火照亮,像羽毛一样清晰。

烤火的男人,彼此之间像兄弟。肩膀靠着肩膀,脸膛红彤彤的,皱纹远远躲在笑容的阴影后面。用这样的姿势所怀抱的,是火。像他们抱庄稼迈过田埂,像女人抱孩子走到马车边上。

烤——火,这声音说出来像歌声结尾的两个音节,柔和而亲切。说着,火的伙伴手拉着手从指尖跑向心窝。

你在哪里看过许多人齐齐伸手,在能摸未摸之际,获取满足。这是在烤火,火。

在北方,田野只留下光洁的杨树,用树杈支撑着瓦蓝的晴空。雪后,秋天收回土地上的黄色,屋舍变矮,花狗睡在炕梢,玻璃窗后睁着猫的灵目,乌鸦飞过山冈。

雪花收走了所有的声音，河封冻了。这时，倘若接到一个邀请，倘若走进一个陌生的人家，听到的会是：

来，烤火，烤烤火。

# 刀的道理

我相信“刀子”在汉语里的寿命已超过两千年，和房子、土、犁和马镫一样，带着最原初的质朴。

刀子是唯一和“肉”相对的一个词。

刀子是寒冷的，缺乏怜悯的一个词，又代表着刚烈和坚强，而它常常又使人安下心来。

对我来说，刀子又常常意味着远行。意味着硌脚的石路、密林里的腐殖质气味和草尖上的露水。

刀子的音韵呈现平声，是元音，只有古人才把这么响当当的名字赋予它，可以在嘴里亢亮地唱诵。

刀是男人的兄弟。在逢临大事之际，在腰间握刀的手，具有最丰富的表情，像齐口短髭一样威严。刀告诉手并告诉心一个道理：勇者胜，热血者胜。

刀是男人的饰物，他们把女人置放在刀鞘和刀柄上。云朵是白银的包边，云朵是黄铜的包边，包在花梨木和铁梨木的鞘上。刀的独眼是刀柄上的绿松石。蒙古工匠在镶嵌鞘的时候，一定百般柔情地唱着歌：

七个飘带的荷包呀

是万姐在七月的庙会送给我的

……

刀的产房在火星飞迸的铁匠铺里,炉火像疯了一样舞蹈。刀第一眼看到的是铁匠的黑脸、头发和眉毛上挂着的汗滴。淬火的时候,刀认识了水。

佩刀的人腰间一定有酒壶,有一根柔软的马鞭。他的肺里充满了草香,爱噙着野花想昨夜的事情,睡醒的时候发现脸对着太阳。像腰带一样拐过来的是额尔古纳河,牛群如祷告那样一齐低下头,饮水。

回家的时候,马背上的男人一耸一耸,晚霞像音乐会的结尾那样壮声合唱,一切能反光的东西都变得亮晶晶的,湖泊、马的眼睛,还有腰间的刀。

# 夜的枝叶

也可说:夜的汁液。

夜,是草木饮水的时分。我坐在桑园水磨石的花池边沿,看到树叶和草饮水时的颤动。没有风,叶子颤摇是水有一些凉。枝头的叶子还没有等到水。错综如迷宫的枝杈分走了水。水呢?水……顶尖的叶子不耐烦了。

土地被吸走许多水,颜色浅了一些。也可能月亮刚从云中钻出来,像在地上铺了一层纸。月在云里的时间太长,就算吃一顿饭也不应该这么长时间,除非喝酒。月亮也喝酒么?也许。月光如万千小虫在地面爬动,毛茸茸的。月光爬不进榆树外皮的沟壑。蚂蚁觉得好笑,这么宽的裂缝还爬不进去吗?两个蚂蚁在里边并排奔跑,且碰不到相互的脚。月光被大马路惯坏了。

夜的汁液把桑园兜在一个网里,透明发达。在网里,地里的水往树上跑,月光顺草根往地里钻,花粉跌落在草叶上,拾也拾不起来。贪财的蚂蚁还在往洞里运东西,不管有用没用。汁液最多的地方,树杈"哔"地折断,鸟飞,绕了半天才找到原来那株树。

草不停地吮水。实际用不着吮这么多,它不听。秋天来到桑园的时候,草的肩膀上挂着大滴的水——它不知道把水藏到哪儿,又舍不得扔掉。因此,水珠在草的手,在它们胳肢窝下面闪闪发亮。早晨,蝴蝶被这些水弄湿了高腰袜子,说这些草真是无知极了。

我曾想搬一架梯子,看桑园最高处的枝叶在夜里做什么。顶端的树叶肥大舒展,颜色比别处的淡。我在楼顶看到槐树冠的一团白花落满瓢虫。先以为是蜜蜂,但闪亮,还有瓢虫飞过来。我爱看瓢虫飞翔,跟鸟儿、蜜蜂不是一回事。它们像拽着细丝游荡的蜘蛛,一掠而过,不知所终,不优雅也不镇定。瓢虫的两扇硬壳里藏着几片薄翼,这么简陋也能飞吗?以后黄豆和红小豆画上黑点也能飞了。

枝叶不动。我估计槐树,桑树和碧桃树顶端的叶子在开会——峰会,商量污染、水资源,鸟儿粪便的问题。碧桃树提议赶走桃木食心虫。隔一会儿,树的顶端飒飒摇曳,举手通过一项议案,譬如不许练功的人往树上钉铁钉挂衣服。

树的生活从夜里开始。它们在静谧中饮水,沉思和休息。车辆消失了,树们松了一口气。可惜缺太阳,没有就没有吧,省得车辆商贩往来。在月光下,除了不能读书,其他没什么不好,多数的树这样认为。

# 山菊花

沿着浩瀚的海面，风千里万里地跑来。

磊落的石壁被它所看不清的风撞晕了，身上却没有伤痕。山回头看风，风的身体透明。云是什么？那是风奔跑时的呼吸。

山扎根海边，比内陆的峰岭更简约、更结实也更黑，跟渔民差不多。它身上没有一点浮夸的饰物，啰唆零碎都被风吹走。山眼前，海浪像卷心菜层层叠叠地开放。山的背后是山的背篓，里面的草木大棵如罗汉松，小片是山花野草。

如果把这座山看成一条鱼，脊背这一侧草木葱茏，另一侧裸岩光洁。

——光洁的石壁上开着花，一片又一片的野菊花。

这不是做梦。假如去福州的东京山顶峰一游，此景顷接眼底。在被海风劲吹的疏阔的山坡上，野菊花片片开放。

平地的野菊花，每株可以长几十个、上百个花苞。东京山的野菊每株只开一朵花，叶子也精简到两片。

野菊花紧紧贴在山坡上。它用了多大力量才在这里生长？如果是人，早跑到了避风的地方。东京山的菊花对海风说："不！"

说"不"的花有钢铁般的力量。什么叫搏斗？什么叫坚持？它们都知道。

野菊放射炫目的黄，像大桶的颜料洒在褐石板上。也如凡高的向日葵，葵花聚合强烈的日光……

看到这片花，我本想说“心疼”，而后又收回了这个词。它们一定不允许我使用这个貌似温情的词。大自然不需要温情也没有温情，生命体把美和力量裹在了一起。

在野花的种属里，只有它们见过海浪，仰面接受赤裸的太阳的照耀，它们悉知悬崖孤松的心境，有一副松树的情怀。

山顶上，我不忍采集如此顽强生长的花。曾想采一束送给那些吃苦如饴、面朝大海的人们。他们虽然吃苦，虽然卑微，却长在临风的山梁。

# 乌鸦站在秋天的大地上

从格日僧往东，一直到新苏莫，秋天的大地仿佛沉浸在往事中。早晨的白雾八九点钟才散尽，牛毛黄的荒草被雨浇过，贴在泥土上。褐色的大地延伸到地平线的雾岚里，好像在想一件事。大地如果想一件事，四周变得静悄悄，像在帮它想。夏日的牛群和野花去了哪里？雨水去了哪里？野鸭子和像踩一双滑雪板飞翔的蓑羽鹤都无影踪。大地失去了这么多的东西，势必要闭上眼睛想一想。

乌鸦第一个闯入草原的早晨，即使没有人，它们也“呱呱”叫着，听取从远处传过来的回声。仔细辨析，乌鸦们叫得短促，是半句话，等待别的鸦来接续，咕——呱。像说相声有捧有逗，嗯啊那是。它们的音长，刚好跟扇动翅膀的频率符合，也像借力。过一会儿，乌鸦站在了泥褐色、带着白霜的大地上。

乌鸦赤着双脚，结霜的泥土上留下它们的足迹，像国画所谓皴，钉头皴、拖泥带水皴。动物都赤脚，而在秋天看到赤脚的乌鸦，让人感到它们一年当中一无所获，甚至没得到一双短靴子。草原上没有粮食，乌鸦们三三两两站着，抬颈看，似乎对不长庄稼的土地感到气愤。

我一步步朝乌鸦那里走，不知哪一步让它们起飞。走到很近的地方，瞧见乌鸦翅膀有几根大羽闪蓝光，像高级的漆，黑里暗藏着深蓝。如果不是乌鸦，连宝石都放射不出这么神秘的色泽。人说乌鸦聪明，像水里的海豚。我觉得海豚更友善一些，乌鸦显得傲慢。它一定高估了自己的智力和嗓音，也高估了黑色的高贵含义，因此跟其他的鸟类格格不入。看不到乌鸦有什么朋友，譬如乌鸦在枝头跟黄鹂对唱，没有的事。

乌鸦在岑寂的大地行走，感到秋天的荒凉，像一只大筐空了，里面的好东西都被拿走。乌鸦其实很善良，知道大地的疲惫，来到这里散步，是为了与大地做伴。大地在秋天没有伴儿了，喜鹊到村里杀羊的人家报喜，麻雀飞到收割粮食的地方，草已经休眠，只有乌鸦来这里散步，想引发大地的对话。乌鸦赤着脚，一抬一放，在大地身边走来走去。

# 伸手可得的苍茫

我有一个或许怪诞的观念,认为霞光只出现在傍晚的西山,而且是我老家的西山。我没见过朝霞,而在沈阳的十几年,亦未见过晚霞,或许这是因为这里没有西山、污染重以及我住的楼层过矮。

晚霞是我童年的一部分。傍晚,我和伙伴们在炊烟以及母亲们此起彼伏的唤儿声中不挪屁股,坐在水文站于"文革"中颓圮的办公室的屋顶上观看西天。彩霞如山峦,如兵马之阵,如花地,如万匹绸缎晾晒处,如熔金之炉,气象千变万化,瑰丽澄明。我们默然无语,把晚霞看至灰蓝湮灭。有人说,晚霞并不湮灭,在美国仍然亮丽。在"文革"中,此语已经反动。美国那么坏,怎会有晚霞呢?说这话的大绺子脸已白了,我们发誓谁也不告发,算他没说。而他以后弹玻璃球时,必然不敢玩赖。

观霞最好是在山顶,像我当年在乌兰托克大队拉羊粪时那样。登上众山之巅,左右金黄,落日如禅让的老人,罩着满身的辉煌慢慢隐退。我抱膝面对西天而观。太阳的每一次落山,云霞都以无比繁复的礼节挽送,场面铺排,如在沧海之上。在山顶观霞,胸次渐开,在伸手可得的苍茫中,一切都是你的,乃至点滴。

此时才知,最妙的景色在天上,天下并无可看之物。山川草木终因静默而无法企及光与云的变幻。此境又有禅意,佛法说"空"并不是"无",恰似天庭图画。天上原本一无所有，但我们却见气象万千。因此，空中之有乃妙有，非无。然而这话扯远了。

昨天我见到了晚霞，在市府广场的草地上方，那里的楼群退让躲闪，露出一块旷远的天空，让行人看到了霞舞。当时我陪女儿从二经街补课回来。我对孩子说，你看。她眺望一眼，复埋头骑车，大概还想着课程。

# 铁轨中间的草

坐火车看车外风景，风景是飕飕而过的电线杆子、缓慢移动的庄稼地，还有连绵的、相貌类似的群山。

车停的时候，人们下车看车站、月台的钟和上下车的人流。

有没有人看铁轨？除了铁路工人之外，没人看铁轨，也没人注意到铁轨中间的草。

一个车站，十几条铁轨闪亮甚至交错延伸到远方。在站台，我看到铁轨中间怡然生长的野草。

野草长在灰色混凝土的枕木中间。它们在累累碎石中长出来，让不自然的铁路添了一些自然的气息。

此后，我常站在火车车厢的门口朝外看铁轨间的草。行驶中，若遇相邻的铁轨，低头看，当然看不到草，路轨白花花地掠过。

山野的铁轨间长着野草。草，甚至长在城里楼顶水泥的裂缝中。我还见过木制电线杆裂缝中长出的草，它们像顽皮的儿童做捉迷藏的游戏，说“你不知道我藏在哪儿”。草还是被我看到了。

铁轨中间的草，假如有一株是我，我断然不敢长在那里。钢铁的怪兽日夜从头顶掠过，吓死了，更不要说生长。

而这些草——如我在车站看到的——与别的地方的草一样地舒展安然，并没有缩紧身子或躲在石块下面不敢出头。

它们比山野的草更胆大，更耐喧嚣。

环境没办法挑选。

风把草籽带到这里。它们也面临二选一，要么死掉，要么活在这里。

活，是覆盖所有道理的大道理，是前提，是后果，是话语权，是青山和柴火，是太阳照样升起，是晚上脱在床下的鞋第二天还能穿上，是朝夕相处，是一张无论多老都健康的脸。

诸如种种，全胜过"音容宛在"。

至于怎么活，是自己的事。把铁轨的草栽到盆里就好吗？这要问草。

那些铁轨中间的草，我看到有细长的瞿麦、蓬勃的花草，夏季开黄花。还有紫苑以及地榆。我揣想，它们仰视着列车自头顶呼啸，甚至会得意，你走你的，我长我的。列车带来的机油味和冷风只为短暂一瞬，更多的是阳光，夜晚满天星斗。

这是一丛丛骄傲的生灵，在铁轨中间安家，比走铁轨的儿童更骄傲。都说火车风驰电掣，它们轮下其实还有娇嫩的草。

草在铁轨间摇动身子，像嘲笑所有的怯懦。

# 鸟投林

暮色起时，飞鸟像空中的落叶，大片掠过头顶。归巢的飞鸟不再徘徊，笔直地飞过去，飞回自己的家。

鸟的家在林中。鸟这一生不知有过多少个家，尤其是候鸟，它们的家全都在林中。落在岩石土坡上过夜的小鸟，是鸟中的迷路者。无枝可栖，鸟才站在地上睡觉。

鸟看树和人看树不一样。树不光是鸟的家，树简直就像鸟的村庄。村里住着数不清的同类，一双滴溜溜的眼睛就是一只鸟。它的家被包裹在树叶里，谁都看不到，只有小鸟自己知道。鸟相信，枝杈是树身伸出的手臂，邀请它们在臂弯做一个窝。可是，树林有密密匝匝的树杈，哪一个做窝最好，鸟心里有数。

鸟具有生物当中最好的眼力，从一千米高空看清楚小虫爬动。科学家说，它的视觉分辨力可以看到鸟们一下一下扇动翅膀。人只觉得鸟嗖地飞出，别说看翅膀扇动，连翅膀都看不出。但小鸟的眼睛有夜盲症，天一黑就要回家。人的夜视力勉勉强强，虎、狼、猫在夜里看东西就像咱们看电视新闻联播一样清楚。

站在白马寺旁边新建的印度寺院的门外，我看到一片飞鸟低低地钻进远处的柳林。不是降落，而像插进林中，树杈间，不知它们怎样减速。

头一次见鸟这么着急，天黑了找不到自己的家吗？或者别的鸟占了自己的家？人看来，夜里的鸟不妨到哪儿栖居，道旁孤零零的树，屋檐上，随便住一夜算了。人其实没想过小鸟晚上在哪里入眠。鸟，却比人想象的尊贵，它们一定回到家里睡觉，和伙伴们，在一个大家庭。让它们这么迫急地赶回去，比人赶火车更急。

鸟比人更想家。一个鸟巢里面不过是横七竖八的细树枝，没有金银财宝。鸟不稀罕财宝，泰戈尔说，鸟的翅膀系上一块黄金就飞不起来了。鸟觉得这个细树枝的小窝里不能没有主人，回巢才有香甜的梦。科学家观察到，鸟甚至说梦话。我目送黄昏中归林的鸟儿，盼望它们个个找到自己的家。

# 白马寺的鸽子

在我的印象里，白马寺这个名字比别的寺名更灵秀淳朴。拜谒归来，得到的也是这个印象。由此想起平山郁夫画的淡绿调子的丝绸之路系列，想起玄奘大和尚。读他翻译的《心经》，偶然间，心会跳出来揣摩玄奘和尚当年从白马寺的石阶走下来，袈裟普通，手里握一卷经书。

到白马寺，和尚们正作晚课，深红的殿门里一片明黄的僧衣。诵经声和着木鱼，深情委婉，香炉烟气缭绕不散，像给黑铁大香炉包裹白纱。再往上看，一只灰鸽子立檐上，分明来听取梵唱。和尚诵经，池边金鱼汇聚来听，这是我在杭州见过的。我也见过燕子听经，这样的事其实并不神秘，许多动物喜欢听音乐。静谧的旋律，安详的气氛会感染所有生灵。小鸽子站在一片灰瓦的檐头上，像探头往里看，又像回味经文，为古刹添一份意想不到的生气。

鸽子挺着骄傲的胸脯，仿佛经文为它而诵，这样理解也对，佛法为天下所有生灵祈福，包括鸽子。它摇动小脑瓜看古柏，看香烟缭绕。眼前这棵古柏，据说已生长一千五百多年，树身纹理拧着劲长上去。对面的松树与灵霄藤共生八百年，树枝向殿内倾探，也像听经。一千多年了，这间大殿的诵经声绵延不息，不知多少小鸟、松鼠来此闻听。寺外的野草野花每天也在这个时候听到海浪一样扑来卷去的法音。

诵经还没结束，鸽子飞起，在木檐和柏枝间起舞。所谓起舞，是说它不落下，不飞远，扑棱着翅膀旋来旋去。这情景被我看到，心里感动。跳完舞，它又站到檐头。做杂役的和尚收拾庭院，落山的太阳把树枝映得像一幅黑红分明的版画。小鸽子还没打算飞走，也许今晚就住在庙里了。一片安详气氛包裹着它，睡吧，梦里香甜。

# 桑园

## 上帝的伏兵

有一只粉色的小虫子在空中旋转,好像它是一只小虾,在空气的水里下沉。这是我在桑园练拳时看到的。但我知道,谁也不能摆脱地心引力,包括虫子,它的头部或尾部必有一根丝悬着。

我俯身,看它舞蹈。此物也是壮士,从口里或腹内泌出绳索,且出且下,转着圈儿,不惧脚下深渊,也不怕这丝吐半道不够用。但我还是看不清那根丝,近视。

雨后的太阳迸然而出,像把云彩的棉絮挣破了。阳光洒过来,照见虫子上方一根银丝,闪亮。

我把树枝小心抬起,看丝缚在哪里。却见:这个宽如老鹰翅膀的树枝下面,悬藏着密密麻麻的雨滴。我惊讶了,这些雨滴向我闪烁千百之眼,而且圆圆地要坠下去,警告我松开手。是的,我发现了造物的机密,便战战兢兢松开手,仿佛掉下一滴水都是我的罪过。

它们是上帝的伏兵,正在监视那只粉红的小虫往地面降落。

## 树叶欲飞

每一片叶子都像一棵树。

这是一位名人说过的话,如伏尔泰那样的名人。据说这句话曾经启发一个人开创了一门学科。

取一片树叶端详——如杨树叶或榆树叶——宛似一株伫立的树,枝干清晰,冠冕丰满。或者说,此乃树的相片的绿色底版。叶子在心里纪念树,像孩子纪念妈妈。对着阳光看树叶的脉络——即树干的微缩——实如通达的渠。水分多么高兴地在透明迷宫的走廊里跑来跑去啊。

树叶还像摇摆不息的婴儿的手掌。如此,每一棵树都是一尊千手千眼菩萨。树的确是树菩萨,以清凉救人。

树叶亦如一只只小鸟,伏在枝头。它的纹路像披挂羽毛,在风里,这些羽毛颤抖着,欲飞。当树叶在你面前翻卷时,确如飞不起来的挣扎。

## 金毡房

今天的雨,刚下时竟看不清它在哪里。我以为是自己没戴眼镜的缘故,戴上仍看不清。这里原来不曾下这种江南的雨,沾衣欲湿等等,让人不好意思。此地人习惯暴雨骄阳或干旱。

我撑伞到桥下,找一处沉黑的背景看雨。雨丝清晰了,每根约有半尺长,倏而钻地。对人视网膜而言,雨滴如丝。落地的速度再快一些,此丝则有一尺或二尺长。

少顷,雨大起来,在黑色的马路上溅起水花。看上去,千百之众的年轻的雨滴在跳迪斯科,在街上使劲跺脚。

雨滴落下来,有的沉寂,有的宛然成泡——一座透明的宫殿,原来雨滴下凡造宫殿玩。水泡浮游,转瞬被雨滴砸灭,很娇嫩。这时,又有新的玻璃宫耸立水上。当水泡连成一片时,使人想起刘皇叔的八百里连营。

雨神下雨,也是不得不做的工作,不妨弄出些水泡自娱。说话间,西边落日灿烂,把水泡染得如可汗的金毡房。

## 阳光金币

太阳雨的景象委实珍贵。在灿烂的阳光下,雨挥霍地下着,像有人站在楼顶撒下大把的金币。

放学的孩子赶紧跑回家,取伞,在这美妙的亮雨里扭着小屁股走。

我想起一句唱词:"赌场里下起金币的雨"——出自田中角荣传记,他在聚餐会上因为唱这句日本戏文受到攻击。此书是我小时候看的,竟还记得。

雨唤醒了记忆。

屋里放着 Eagles 的"加州旅馆",吉他在劲手之下弹得落花流水,为雨伴奏。法国的让·艾飞尔画过许多关于雨的漫画,所谓雨就是上帝在天上拧床单的水,上帝为梦中的小天使把尿。太阳雨大约属于后者,因为它很快就停止了。即使是天使,也没有过多的尿。而上帝为天使把尿的时候,竟忘记了拽云彩过来遮住太阳。

## 啄露而歌

我在一篇文章中写过:"雨后,桑园在许久的寂静之后,传来一句怯怯的鸟鸣。"

早上,我又在雨后的桑园听到了这样的啼唱。这只鸟的喉间仿佛有丰盈的水珠，或者它在练气功，津液满颊。我担忧的是，这样歌唱，不会呛水吗？我童年的朋友三相，曾向我炫耀含水歌唱：抿一口花茶根，唱颤音的“美丽的哈瓦……”还没等“那”，呛了。一阵咳嗽，我把他脊背噼啪一通捶打。

雨后，树叶上流漾水珠，小鸟感到树上挂满水滴的钻石，惊喜自语。也许，它有意啄一滴水漱口再唱，像我唱蒙古歌之前须饮烈酒润喉一样。

行家说，这自是鸟的唱法，叫“水音儿”。画眉、红子都会此腔，尤其邢台以南产的红子，腔名“衣滴水儿”。

我宁愿相信这样的情景：初晴，鸟儿啄头顶的一滴水，“凉啊！”它不禁喊出声来。如果没有污染和人类捕杀，鸟儿实在过着神的生活。

## 桑园的雨

每一场雨，在桑园的小虫看来都是汪洋。尽管是小雨，雨滴落下来，对小虫来说也是可怖的事情。譬如，一个比你身体大三倍的水坨子啪唧砸下来，很意外的。

我想，即使如雨滴般大小，也是按人的身体比例设定的。它只有人的泪珠那么大，只有半个耳垂大，千百滴于人身上，砸不坏也吓不坏人。雨水即使多到让江河决堤，也给人留有余地。它下几天几夜，有时间让你撤退。这里面仿佛有上帝的恩典。

我不知道桑园的瓢虫怎样看待雨。雨水灌注它的洞穴时，瓢虫是否用驼圆的背抵在洞口？雨在天上一看，瓢虫你别没大没小了，下！一夜的光景，把瓢虫冲出六道街之外。鸟喜欢雨，它以为这是水珠的落地比赛，而且自己羽毛不沾水，它早就想让昆虫之类知道此事了。但别打雷，即使是一分贝的噪音，鸟也很烦。鸟站在松枝上，看雨丝像门帘子一样挂着下。老下，不见上来，不知雨后来做什么去了。松树在雨中睡着了——一下雨它就困——梦见自己穿上了黑礼服，偷偷散发着松香气味，和后街的柏树幽会。鸟看了一会儿，换一换脚。蚂蚁前天就知道有雨，弄好了遮蔽措施。但洞里很小，蚂蚁们只好整齐地坐着，像赴前线的士兵。走惯了，蚂蚁感到六足不适。后来，它们搞无伴奏合唱，用人类听不见的六百赫兹的波长。

人不把雨放在眼里，家里外边都能待，不搭你上帝的交情，什么把雨点设计很小之类，不信。雨停时，我曾在桑园坐着，在许久的寂静后，传来一声怯怯的鸟啼，仿佛第一个推门张望者的悄悄自语。这时，昆虫蹑足活动。风一吹，树甩头发落下一层雨滴，它们吓得往回跑，以为雨又来了。其实，阳光明晃晃地洒得哪儿都是。

## 告别桑园

搬家之后，我也离开了桑园。

桑园是我对它的称谓，市政当局并没有命名，石上刻着“青年园”。这一片绿荫当中曾有一棵桑树。我见过桑葚，由绿变红，像鱼子一样饱满地挤在一起。就管它叫桑园。

树木是城里找不到的好朋友。它们多么宽容。我为什么使用“宽容”这个词？因为它们始终接纳我，似乎还知道我写短文称颂着它们，曰“桑园”。

有许多次，我幼稚地——幼稚的意思是忸怩——想和桑园做一次道别，却不知怎么做。它们，依然缄默、沉郁、凡俗，让人有话说不出来，应该说“人尤如此，树何以堪”。仿佛树比我们还能担待：你就走吧，没啥。

即使闭上眼睛，我也能说出桑园每一棵树的位置，说出树种和它身边常有的垃圾。桑园一共有五棵松树，包括练功之人为挂衣服而钉铁钉的两棵松树，有迎春花、洋荆木、碧桃树、杏树和被遛狗的人踩得狗屁不是的洋草坪。

有一天，我走过那条街，误入桑园，沿着回廊走。之前瑞雪先降，树们苒苒耸立，顶戴白雪之冠，于清明的夜色中楚楚生动。我说，多像仙境啊，并企图和每一株树拉拉手——大干部和僚属见面时，常自然而然拉拉手。树于深夜的静默，让人无法轻浮。它们——我说的是树，此刻收住了心跳脉搏，把呼吸也屏回，只和天地交流。我和吾妻说，多像仙境啊，树们站立黝然，邪不可干。它们个个戴着棉花的白绒帽，雍容整肃，仿佛让我们惭愧。我们惭愧吗？只是离开了桑园。我还没准备好和新的邻居做朋友，在邻居身上发现美。但桑园难忘啊，没有置酒，也没有各式的仪式，说离开就离开了。

当我再去桑园的时候，已觉察出异己感。树哪儿也不走，人已搬迁。别指望它们谅解，植物比人还爱赌气，不理就不理吧，我只好偷偷地怀念。

# 乡村片断

人跟人比，比的是名誉地位。人跟树比比啥？树沉默、天真、甘于卑下。树柔软、坚硬，敢于腐烂而不留一丝痕迹。树把普照大地的阳光保存起来，变为绿叶还给大地。树是青草、昆虫和小鸟的家。树落叶毫不悲伤，第二年把新叶举在头顶。树是水的花园，树永远在生长。

人如果活得像树那样，人人身上都有清香。

幸福？好多年前，没人说这个词。它在心里悄悄藏着，在字典里白白躺着。那些年，幸福这个词儿软弱，比盆景长得还慢，更不用说开花结果。现在幸福跟人们招手了。可它是什么？是吃的，穿的，是不挨欺负，是高兴，是打麻将光赢不输，是车，是房子，是没完没了的欲望吗？幸福是一辈子拉不完的单子？可能幸福没那么多，可能它是个找也找不到的东西。找吧，每个人的幸福可能都不一样。

海来了。涨潮的时候，海浪一次又一次地往岸上跑，像亲友重逢。在陆地全还是海水的时候，每寸土地都是海的故乡。海里有珍宝、有故事，海连着所有的地方。

人降生的信息，母亲最先知道。人辞世的先兆，医生最先知道。人生的大事,都是自己不知道,别人先知道。

家是啥?千里之外想家想的是什么?土坯抹泥的房子外面,有一张门板的脸。推开门进屋睡觉,敞开门下地干活。门天天迎接你,目送你,大月亮地里,门在外边给人站岗。

门是家的灵魂,人是门的上帝。家里要是少了一口人,门知道吗?

把身子靠在门上,听听岁月讲述的秘密。它像钟表一样滴答作响。

榆树是树里的爷们儿。拧着劲儿长,跟钢筋似的。树这辈子没少遭罪,雷劈电闪、虫咬火烧,那也得活呀。有的树富贵,有的树娇柔。有的树把自己长成了石头,长绿叶的石头。榆树就这样,不开花不结果,春天一把一把地往地下撒钱,叫"榆钱儿",圆圆的,吃着甜啊!

没见过这么大的雨,哗——哗——好比泄洪。这哪是雨?这是老天爷的一场事故。人管天,白云散尽;天管人,一锤定音。

药进了肚子,不光到病那儿去。它哪儿都去,全身溜达一遍。病维护自己,药维护主人。它俩斗起来,不知要经过多少回合。

美丽、漂亮、好看,是仨词儿,意思一样。克服、忍受、煎熬,仨词儿,意思也一样。撤销、迁移、消灭,意思还一样。别看世界上词多,意思就那么几层。

词儿也有让人疑惑的地方。聪明有时候和奸诈是一个意思,奸诈有时候和愚蠢是一个意思。你看,愚蠢跟聪明又拉上了手,说不明白了。

有守国土的,有守球门的,没听说有舍命守一个村子的人。农民的眼睛里,一辈子就守望几样东西。庄稼是一样,村子是一样,再就是老婆孩子。村子没了,庄稼上哪儿种去?就像把筋抽走了。农民不是旅游者,他们脚底下有根系,在土里扎着。到了非走不可的时候,已经触犯了他们的尊严。

恨是压在心上的一块铁。心要喘息,要挣扎,逐渐变硬了,像铁一样。

怀恨的人以为报复可以带来幸福,其实幸福从来不和报复在一起。导火索引爆的是炸药,不是鲜花。

男人把爱情想象成一只鸟,它是自由与飞翔;女人把爱情想象成鸟巢,它是安全、牢固和温暖。

鸟和鸟巢想到了一块儿,就叫美满。

一层一层的雾,粉红如烟,笼罩山野。山杏的花,手拉手给山坡披上一件嫁娘的新衣。雾散了,山杏探头窥视春天的情形。孩子们要给仙女压轿,孩子们要为鲜花鼓掌。为什么孩子的心里装的都是幸福的事情?没有丑恶,也找不到虚假。

长大了,人所失去的不仅是快乐,更有纯真。纯真走失,虚假升堂,快乐离开了,去寻找纯真的人。

快乐并不是成长的牺牲品。

如果快乐来自于内心,是来自纯真。快乐不过是幸福的花朵,纯真才是果实。

人要能重新活一遍,觉得比现在过得好。假如真的从头开始,会什么样呢？下棋的下一千盘，每盘都不重样。人生也往往如此。

肩膀扛过二百斤麻包的人都明白，越是负重，越得直腰，要不连步都迈不开。

直开腰板，肩上的重量就交给大地，人只是一个支柱。弯着腰扛东西，早晚得压成一张饼。碰着啥事儿，人别忘了直腰，“立木顶千斤”啊！

以往干部管农民没什么商量，就像农民种地也没跟庄稼商量。现在商量了，两方面有点儿不得劲儿。没在一边儿高的板凳上坐过呀！“商量”好，比带领、管理、教育、引导这些词儿仁义。常商量就习惯了。没吃过饺子的人，刚吃饺子也不习惯，看不着肉，说烫嘴。慢慢地，过年都吃饺子了。

雨要是不在春天下，秋天指定下。一年就这么多水，下完就完了。

看一个村子有没有活力，莫过于早上站山顶看家家户户的烟囱。炊烟像丝绵，从各家的烟囱飘出来，把村子包裹得像一口热汽腾腾的大锅。炊烟里有柴草的香味儿、小米粥的香味儿，日子回到了太阳下面。城里说的人气，在这儿叫人烟。人到哪儿炊烟到哪儿，拢住这片炊烟的人，当然算得上英雄。

人心能老不？生活了这么些年，心总年轻？人老了，胳膊腿儿，连眉毛胡子都老了。但心老不了，跟年轻人想的事一样。谁要说自己老了，记着，他心可没老。

承诺别轻易说出口，说了就得用一辈子担当。上帝唯独让人说话，是相信人是言而有信的生灵。

承诺落地，就好比鸟开始飞，河开始流，找寻目的地。

大自然都是承诺者，树承诺花，花承诺果，果承诺种子，种子承诺土地，土地承诺春天，春天承诺万物。大自然诚实啊，一草一木都不失信，岁岁枯而岁岁荣。

“克”(kē)在东北话里是顶牛的意思。不是牛跟牛顶，是牛跟老虎顶，非分出个你死我活。人跟人要是“克”上了，必有一场惨烈之战。也难怪，人的基因里都有一点儿兽性的残留物，仇恨培育这些基因壮大，一点点吞噬了人性。

粮食——在农村叫口粮，在城里叫主食，在酿酒厂叫淀粉，在养牛场叫饲料。这么多的叫法儿，说来说去还是粮食好听，特本分。庄稼、碾子、犁杖、水井这些词儿都本分，听着端正。过些年，这些词儿都没了，MP3了，听说城里人现在不怎么吃主食。粮——食，这个词儿多好。

贼心要是长到好人身上，自己遭罪。它长到坏人身上，别人遭罪。

好人天天防范自己的贼心，跟它斗争，怕它转移成贼胆。坏人嫌恶自己贼心小，发展培育，最后把自己赔进去了。

好人坏人，有时候就是一念之差。念是心念，防心比防毒蛇猛兽都难。

血缘就是个血缘，里边不含政策，也不含知识。血缘不告诉你该做什么，不该做什么。生活给予人的智慧，比血缘给予的多得多。

农村小孩都吃过甜秆儿。玉米秆儿、高粱秆儿，当时没听说过甘蔗。嚼啊，嚼啊，甜水哗哗往肚子里咽，嘴跟粉碎机似的吐渣滓。好甜秆儿吃着不光嘴甜，肚子都跟着甜。在庄稼地，听风吹玉米叶子，唰——啦，唰——啦，嘴里一个劲儿咽唾沫。想，甜秆儿的甜是从哪儿来的呢？玉米的根像抽水机，把土壤里的糖分抽上来了？土壤里还有糖分？没听说呀！想着想着就傻了。

看了没，这就是群众。"近之则不逊，远之则怨"。群众跟干部的关系，就像骑自行车和开汽车的关系一样，谁都觉得对方可气。车不一样，速度不一样，想法也就不一样。

不过，开汽车的到火车跟前，那也是群众。火车跟飞机比，更群众。飞机跟日月星辰比，算群众都占便宜了。

以后的人，看我们也跟看群众似的，尽管可爱，仍然好笑。在自然和历史面前，大伙儿都是群众。当个好群众吧！

磨刀的一来，猪羊害怕；刺猬一来，长虫害怕。生物链的意思是说谁都得怕点啥。有所怕才有所敬畏，敬畏之后才有珍惜。

如今说爱情、说财富、说享受说得太多，说说友谊吧。

友谊是用血水泡过的麻绳，悬崖上能担得起一条命。友谊是遥远的恒星，是静静的河流，是没有香气的花朵。友谊在，诚信还会不在吗？怀揣着友谊的人，值得所有的人尊敬。

谁要觉得天特别远、地特别宽、花特别艳，那就是恋爱了。谁要觉得天特别低、地特别窄、花特别蔫，那就失恋了。谁要觉得天不过是天，地不过是地，花不过是花，那就结婚了。谁要觉得天是锅盖，地是水缸，那不是人，是青蛙。青蛙就会说一句话，说了一辈子。

鹤要是一条腿站着，是睡觉呢，两条腿站着就出问题了。人吧，坐着站着躺着、哭着乐着想着，看不出是喜是忧，忧中有喜，或喜中有忧。人是万物之灵，碰上自己的事儿，有时候灵，有时候不灵。

静水深流，心思重的人从外表看不出来。人的肩膀宽不过两尺，可啥都想担。世界上想帮忙的人比忙都多，帮上忙的真没几个。

近朱者赤，近墨者黑，近啥人学啥人。历史其实是人学人的模仿史。可惜人跟自然学到的东西太少了。拿河流来说，遇平则静，遇遏则鸣；逢春开化，入冬结冰，在四季轮回之中走向大海。人也像河流那么忙，忙来忙去究竟要上哪儿去呢？人皆好学，学到的多数是别人的毛病。

啥叫奢侈？人头马兑茅台酒、拿鱼翅拌大米饭、让熊猫推碾子、用牡丹花炒天鹅蛋，都比不了朱二这出。拿谷子苗喂羊，奢侈啊，奢侈。

天下的好东西里边，有一样叫针。穿线缝衣，针做的是团结的事儿。在医生手里，针做治病的事儿。针在油灯捻儿上拨一拨，一亮一大片。针挺了不起。

有人管酒叫酒水，酒哪是水？别看液态，那是流动的火焰、瓶装的粮食。酒跟水倒在碗里都像水，人跟人走在街上都是人。外表一样，其实差别挺大。

手啊，就这么一举，代表着民意。人平常用嘴说自己的想法，关键时刻还得靠手。手比嘴权力还大。举与不举，立等裁决。比“锤子剪子布”厉害。看这些手，握镰刀的、和猪食的、烧火的、脱坯的、拔草的，举起来就是一票。现在老百姓的手值钱了，往后得好好珍惜自己的手。

酒要是在瓶子里待着，十年八年没事。它要进了人肚子，啥事儿都出。四大发明咋没算上酒呢？世界七大奇迹里也没提酒，怪事。

有一个猎人跟狼搏斗，枪掉山崖下边了。狼咬他腿，他掏出酒瓶子塞狼嘴里，咕咚咕咚全进去了。狼喝上酒，浑身哆嗦，走不了道，盯着猎人哭了，意思是：灌我酒干啥？不如给我一枪呢。都说狼厉害，厉害啥？连酒都喝不了，还是人厉害。

野生的丹顶鹤每年11月份向南迁飞。卫星定位技术发现，野生丹顶鹤从俄国兴安斯克起飞，抵达向海，然后飞到盘锦的沼泽地。休息三到五天，在唐山以南的海岸休息六到八天，到黄河入海口休息十到二十天。12月上旬到达盐城的滩涂越冬。迁飞距离两千两百公里，迁飞时间约二十五天，每天平均飞行八十公里。

歇息地是鹤类迁飞的重要条件。如果没有湿地和生态保护区，鹤无法到达越冬地，遭遇灭绝。

云彩要是树就好了，在山上栽着，一片一片望不到边，又能下雨，还能遮凉。云彩不招虫子。可惜呀，云彩不生根。在天上白白让风刮跑了。

感情这种事儿，跟豆角秧差不多，先出叶子再出蔓儿。豆角蔓儿像蛇信子,绕着架往上缠,缠实了开花,花不大。之后结豆角儿。豆在荚里包着,好像婴儿躺在床里。不立架,不起蔓,豆角儿往哪儿结啊？感情也是,前前后后有个过程才结果。

两口子在一起好比打篮球,往别人筐里投球,自己才得分。好比画肖像,把别人往好看里画才美。专画缺陷,还不如上医院照CT呢。两口子的事儿就像电视剧似的,剧本好还得演员好,演员好还得导演好,几好轧一好就拍成戏了。不过,电视剧才几十集,人这辈子胜过几万集电视剧,一点一点拍吧。

经常出现在梦境的地方,教你一口方言的地方,赶回去过除夕的地方,每个人都叫得出乳名的地方,喝酒爱醉的地方,少年想出老年想回的地方,童年数过星星的地方,对你知根知底的地方,就是一个人的家乡。

这个村子要是撤了,就像谷糠跟小米分离,光剩下一个名儿。头两年还有人念叨这个名儿,过几年就没人知道了。让历史学家把这个村子写进中国通史里？不可能。树杈从树上掰下来,想安也安不上。

人能回避这个回避那个,但是回避不了血缘。拿树说,这有一棵,那有一棵,在泥土的覆盖之下,根在一块儿连着呢。

生命立起倒计时的牌子,人的价值观就要调整、改变、颠覆,乃至升华。这时候,这个人思维敏锐,目标清晰,行为果敢。他要挑最有价值的事情来做,就像篝火在熄灭之前,迸出耀眼的火星。

其实,生命给每个人都立了一块倒计时牌,包括刚刚出生的婴儿。只是这块牌子有些遥远,有些模糊。牌子上的数字还没有缩到很少的数字……

有身即有病,有病才有身。病从何来?喜怒哀乐、一惊一乍都可能埋下病根。不是肉身扛不住病,是人心扛不住病。文殊菩萨问:何物是药?善财童子遍访世间,回答:世间无一物不是药。心静是药,善良是药,敬畏天地江河草木是药,谦逊卑下是药,利益大众是药。小孩敬的大礼更是甘露妙药。

人要是掉到"爱"里边,有甜蜜,也有疑心。人恋爱疑心最重。因为爱情太珍贵了,恋爱的人像金匠一样不断测试它的纯度,是百分之九十九点九?还是百分之百。

有人说,真理是从怀疑当中产生出来的。但真爱产生于信任。

候鸟的大脑有一个生物罗盘,即使穿越海洋、沙漠,地面没有参照物时,也不会迷失方向,在繁殖地和越冬地之间,年年穿梭往来。没有方向感,当不了一只鸟。人的方向感不一样:有钱的方向感,没情的方向感;有小的方向感,没有大的方向感。有人一辈子也没有方向感。

仁、义、礼、智、信、忠、孝,说的本是人应有的方向感。

世上不喘气的事物里边,钱是唯一成精的东西,能填山移海,也能逼人上吊。钱也有姓氏,个、十、百、千、万、亿,越往后辈分越大。钱攥在手里,手出汗钱不出汗。钱的故乡不叫村子叫银行。钱像人参娃娃,挖地三尺,人都能把它找到。钱无味道,但走到哪儿都能被人闻出来。钱没有腿脚轮子却云游八方,后面跟一群追赶的人们。

钱在人前成精了，但在山川、动物、友谊、信仰面前啥也不是，又回到了纸的位置。

给大伙谋事儿，光靠赤胆忠心不够用，还得有钱。就好比牵着骆驼穿过针眼，针眼是啥？钱。用钱的时候钱不吱声。用错了，钱该说话了。钱说的话，一句顶人一个跟头。

戏演到这块儿，说了不少。乡情、亲情、爱情，可一提到钱，这地方的人立马把眼珠子瞪溜圆。咋回事儿？穷呗！

人有对象就幸福。有对象的人再找幸福，还得上下求索，八方寻觅，像狗熊找蜂蜜窝似的。

说幸福在自己心里，谁也不相信这个话，都上外边找去，以为幸福在一个地方等着自己。

处感情靠咳嗽不行，靠钱也不行。婚恋之事与年龄关系很大。

二十岁谈恋爱是一通长拳，飞拳快腿，麻利又好看。三十岁谈恋爱是八卦掌，一招一式讲究程序。四十岁谈恋爱咋的？太极，前后左右都得照顾到，用意超过用力。

老虎三岁搞对象，丹顶鹤两岁搞对象，老鼠生下来就搞对象。它们明白，这事儿不能往后拖。

燕子不识字，串鸡、雪雀子都不识字。它们不知道地图和文件准备抹去望海屯这个地名，它们年年还要飞回来。小鸟看到破砖烂瓦，那是个什么心情？村里没广播了，老爷们儿和老娘们儿不吵架了，静悄悄的。小鸟儿指定害怕，这一夏天的日子，不知跟谁过去。要是想望海屯的人了，上哪儿找去呢?

村庄的历史比城市还早。建一个村庄,用的是燕口衔泥的辛苦。一根草棍一口泥,慢慢才垒起一个村庄。村庄比城市的钢筋水泥包含更多人的感情。

在城里,高楼大厦之间没有祖先的身影,没有露水,没有鸡鸣犬吠,也捧不到一捧渗透过汗水的泥土。

城里人爱家,农民爱的是自己的村庄。

# 无限水

喜多郎音乐《气》里边的一节，名《无限水》。什么是无限水？水即无限。

水无处不见，无限延伸。北京在北京里面，故乡人在故乡，贡嘎雪山在贡嘎雪山那搭儿。而水，此处有它清亮的面孔和柔软的手，坐飞机到远方，如昆明，一开龙头，它又出现，一模一样，比你来得还快。

水无二致。山有山相，或峥或嵘，而天下的水是一个娘的孩子，没有昆仲之别。水系宽大，不分种族地域，水不自外于自己的兄弟。

水跟水亲。水一生急急忙忙，为了寻找同道，什么都挡不住水找水的真切。万丈高崖，一跃而下；大山挡路，宛曲穿行。水何流？它们母寻子，兄找弟，妹呼姊，儿投父。水什么时候不流，什么时候安静。它们聚流成湖，汇为大江之后，才以从容的步履缓入海洋。路上，鲜花绿草都不会让水停下脚步，不管遇到多么好的风景。水只想着走，行至天涯也把散居的弟兄拽进怀抱。

水流无情。情者何？放下抱负去做另一个我，改弦更张。眼前之情道不得，不许人走，只让人留。水亦潋滟，也会温柔，但绝不停留。滔天浪做给天看，决地河让道改变。水若生情，盘桓延宕，早就干涸。

水包容。水不捐细流，水不拒污浊，水甘低下，水至柔至刚，水不重复常形常态,水运动,水映射星月,水漂木沉石,水饱人饮禾,水寓身万物之中,水风光,水袒裸,水施恩于任何生命,水存于方居诸圆器则圆,水遁形为汽为雪为冰,水不可制造,水沸点为一百摄氏度,水随处可见,水从天而降,水自地而出,水不悬空,水无眼耳鼻舌身意香味触法,水无首尾,水不回头……

水无限。

水既“是”又“不是”,身有人人得而见之最平凡的神奇,水从不透露自己的秘密。在泉边,只见水流,对其余,人们一概不知。

海伦·凯勒说:“水在我手上写满了‘水’字,不用别人教我也知道,这是何等巨大的喜悦……”

# 老家的人

# 父亲

那天晚上,我们把刚刚煮好的玉米粥端上桌的时候,爸爸突然走进屋来,肋下夹一个行李卷,肩上带着雪花。我们全惊呆了,我妈失手把锅丢在了地上。这是在1970年,我爸被他们单位自设的“监狱”关了两年多。

他坐在炕沿上,笑。仿佛想亲吻我们、拥抱我们,但没动。我和姐姐的一举一动,都使他目不转睛。譬如我悄悄脱鞋上炕,捧起碗不出声响地啜粥,飞瞟一眼的时候,我爸用热烈的眼光望着我笑。这种笑让人惊心动魄,浮白的脸上胡髭丛生,眼里蒙一层泪光,像被水淹了,分明笑着,而喉头和胸膛都在起伏。回到了家,哭和笑这两件事,使他不知先做哪一样好。

我溜到外屋,看见妈妈在黑暗处,衣襟蒙着整个脸,全身都在抖。好多年以后,我才明白我爸这种感受,他经历酷刑,几次自杀未遂,被关在单人牢房。那时,他没想到还能回家,没想到我们母子三人在十五瓦灯光下平静地喝粥,而我上炕下炕如此敏捷,令人大欢喜。

我妈进屋,像没事一样,说:“吃饭吧。”我爸说“是”,又说“不饿”。他变得谦恭,甚至可以说客气。起先他是个强悍的人。他下地,珍惜地打开收音机,又关上;在椅子上坐下,起来,又在另一个椅子上坐一下;把书架上的一本书打开，合上，又打开一本书。他用手摸摸洗脸盆底儿的金鱼图案，摸一摸带花纹的榆木炕沿，又伸手把墙上的灯绳拽了一下，屋里漆黑，我缩到墙角，我妈说："干啥？"我爸把灯拽亮，歉意地笑了笑。他在"监狱"里从来都是亮着灯睡觉的。接着，我爸又环顾左右，突然一惊，站到地中央，向摆在红箱子上面带夜光的毛主席胶皮塑像鞠一躬。他的脊椎被打折了三处，弯腰时颇吃力。

如此这般，我爸盘腿上炕，用亲切的目光抚摸四周，眼里退去了惊惧和恐慌，笑得很舒坦了。这时候，我心里流出对父爱的渴望，像一股滚烫的水冲到嗓子眼，如哭。而我爸显得十分满足，开始说进屋的第一句话(这话我如果实录，会使有些人隔膜，但事实的确如此)。

他说："我回来啦，这是毛泽东思想的伟大胜利。"

我妈小声补充："这是党的宽大政策的结果。"

我爸深有同感地点头。

我爸出来后，"问题"还没有解决。开春，他和其他"牛鬼蛇神"在报社种菜，心情却非常好，每晚大谈种菜的实绩。除种菜外，他对家庭建设也产生浓厚的兴趣。当时，社会上一批"被解放的干部"们风行打家具，我爸对这种精巧的手艺不在行，他是个翻译家及前骑兵军官。看到家属院涌现出大量小仓房，我爸说："咱们也盖个小棚！"我们管仓房叫小棚。他准备从盖鸡窝入手，找来不少战友，论证、施工，把鸡窝——用砖砌的、中间夹木棍的——二层建筑盖起来后，他们在一起饮酒悦谈。但晚上鸡不肯入窝，天黑前，鸡窝塌了。这些前骑兵大尉、少校们沮丧地回了家。我当时很佩服这些鸡，它们多么聪明。

而我爸热情不减，经过研修，他不仅盖了一个很好的鸡窝，还盖了两间小棚。大小棚装杂物，譬如自行车，小小棚装煤。院里还栽了一棵沙果树。我爸常在晚饭后，在春日微风的吹拂下，欣赏鸡窝和小棚，有时长时间地凝视沙果树的叶子在风里飒飒,那时他披一件旧棉袄,袖上缝着白布的“大叛徒”的臂章。

而我最高兴的是趴在小棚倾斜的屋顶上读《敌后武工队》。读一会儿,仰面看白云移动,心旷神怡。我现在仍然觉得,没有什么比趴在屋顶上读书更惬意的事情了,虽然现在不容易找到这样的场所。

有时,上述情景还会闯入我的梦境,包括我爸夹着行李卷进屋那一幕。我想,家,是人生最猜不透的一个谜,在艰难离乱中可以给人带来慰藉的,唯有家。

# 骑兵流韵

我父亲是骑兵出身,但我对打仗没有任何意义上的兴趣。1978 年,赤峰师范学校大礼堂,在几百名学生几近骚动的狂热情绪中,校长一字一顿地念一份文件,念一个词用眼睛瞟一瞟台下:

“我军!又!攻克高平!谅山!”

掌声四起,像大马车的胶皮轱辘在雨水坑里飞溅而过。我也许是唯一没有鼓掌的人。委婉地说,是忘记了鼓掌。当一支军队在外域作战时,远居内蒙小城的师范生为我军抑或是为高平而鼓掌?他们——我的同学们——把掌鼓过之后,早已忘记了。眼下他们大多是乡村中学的校长或教导主任,养孩子兼养猪养羊,同时精通语法与课文的段落大意。

我父亲当骑兵时,参加过攻打沈阳和四平等地的战斗。我对他的战争经历缺乏浓厚的了解愿望。他似乎做不到完整叙述一场战斗到底是怎么一回事。我原来以为他被战争吓着了,后来在书中读到一位军事家的分析:“每一个参加战斗的人,都不可能说清这场战斗,包括指挥员在内。”这情形如同在一场突然开始和结束的殴斗中,当事人无法描述当时的状态一样。换句话说,在对于战争的描写之中充满了谎言。也就是当有人把战斗的细节弄成一种逻辑的顺序时,勉强之中也包含了假。从这种意义上说,我父亲对战争的回忆,是真实的。因为它由片断剪接,也可以说富有诗意。譬如:1949 年开国大典的检阅之前,他们住在清华大学附近。居民中迅速传布着恐惧的流言:“蒙古鞑子来了。”而这些佩戴解放军胸章的蒙古士兵,在街上观察北京人坐在八仙桌前小心咀嚼精致的肉包子。“我们,” 我父亲话锋一转,“走到彰武一带时 (时间已回溯到 1947 年),半夜行军,用日本毯子包着脑袋,冻得受不了。白天进了村里,就把毯子垫在鞍子上,三九天穿着夹袄还得挺胸脯。要不老百姓以为我们是土匪呢(“呢”的读音为“妮”)。嗨嗨!”

从视觉角度说,骑兵在战斗中的表现比步兵好看(把“好看”这个词放在进攻的战事里,似轻佻,但还是比“英勇”或“雄峻”这些词更朴实一些),骑兵在冲锋中显示威力。面对敌方机枪的扇面扫射,他们高举着马刀。马刀与身体是一条直线,同马背形成四十五度夹角。蒙古马在枪声中永远向前奔驰。战士也许有临阵逃脱的,但战马从来不会临阵脱逃。他们的主人把马镫踏直,呐喊着往前冲。这是一种决死的状态。当遇到敌人时,骑兵把马刀向左晃一下,然后右劈。那个刀下鬼可能连头带肩膀全被劈下了。马刀是不开刃的,倘开刃,会卷刃崩豁——人的骨骼毕竟也很坚硬。骑兵的冲锋与杀敌靠一股气势和膂力。从首长的观点看,骑兵能冲垮敌方的阵脚,动摇其士气;从全局看,骑兵的意义在利用机动能力围点打援,或牵制对方兵力。而骑兵不知道这些,他们只在蔽日的尘烟中冲锋或倒下。

许多年之后,当我父亲用自己的双足而不是马蹄行走于沈阳的街头时,肯定把这一切都忘记了。他背驼得厉害,走路时努力抬着头。前几天下雪,我在雪地里背考试题。他见到后,离很远就脱下大衣给我,我说“不用”。他的身影一闪两闪在楼前的丛林里消逝了,手里捧着给我女儿买的小食品。他也忘记了马。新中国把他带入城市也带入各种政治漩涡,他由此开始的挣扎只是被巨浪愈抛愈远,幸免于难的原因只在于命大。在一艘折翻于海上的双桅船上，能够同风浪搏斗从而爬上岸或岛上的水手，总是极少数人。然而这些幸免者一下全都衰老了，他们从上苍手里撕扯自己的生命之衫。当布衫被夺回时，也被老天爷撕得褴褛。在政治海难中，诚实的幸存者总要惊呆。后来的这些对于骑兵太陌生了，骑兵是冲锋或静立的人生。就杀人的方式而言，骑后比步兵更直捷也更令人战颤。步兵用子弹远远地把对手胸膛射穿，骑兵用马刀将敌人砍倒，炮兵简直不知道自己做了什么，他们手装的炮弹在几里或十几里外轰然爆炸，村子、庄稼或人都慑服于一瞬的震动之中。炮兵比步兵更像政治。

在真正的战斗中，骑兵冲锋之前无比静默。你可以想象，拂晓时，开阔地尽头的胡杨林笼流一缕白霭，马队没有声息，骑兵们的表情几近麻木，眯着蒙古人细长的眼睛，颧骨黑红。人在拼死之前没有任何表情，蓄集精力，也是摈弃思维活动之后的精神状态。马，也不再低头啃凝霜的衰草，它们嚼一嚼嘴里的铁链，偶尔一抬蹄子，耳朵尖立始终等候着号音。这情景同成吉思汗时代并不无不同。当成吉思汗的大军不远万里来到拒绝通商的花剌子模国时，两军对阵，草木肃杀，铁木真的头顶飘绕一道白云，这云或许是从额尔济纳河追随而来。面对敌阵在阳光下闪耀的戟锋，他细而长的眼睛若有所思，似更仁慈。伟大的统帅和伟大的艺术家一样，在战场上表情松弛，目光明亮柔顺。他说过：

与朋友交，像花牛犊般忠厚，
与敌人搏，像狮虎般凶猛。
你们在明亮的白天，
要像雄狼一样深沉细心。
你们在漆黑的夜里，
要像乌鸦一样坚韧不拔。

花剌子模的守军如铁桶一样箍成圆阵，神色漠然的蒙古马队像海青鹰一样冲过去，然后沿着圆阵包抄，接着是一支又一支马队射出，最终将圆阵撕裂。这是目前还在沿用的世界三大战法之一的“成吉思汗战法”，铁木真自称“海子阵”。

而战马，正是战马把蒙元帝国的帷帐一直扯到中欧和南亚。战马没有时代感，它们也许觉得还生活在十三世纪，以为黑山阻击战与攻打俄罗斯大公国的区别不大，它们只是不懂炮火这种照耀夜空与震耳欲聋的东西。蒙古人的文学很喜欢铺排场面，宫廷与民间的俱是如此。在他们的诗篇中，不时地赞美马，赞美起来没完没了。譬如某某英雄的坐骑，蹄子如“西海里的宝莲花，东海里的金盏花”；毛色如“锦州买来的海青缎子，敏州买来的湖青缎子”云云。蒙古民间艺人可以一气说出几十种美妙的缎子，来形容马的毛色。而买缎子的地名，他们有时则瞎编，如敏州——一种大城市与布满珍玩的所在。在蒙古人口头传唱和印进书本的赞颂词中，艺术家尽情地歌颂着马(不仅仅是战马)，不无夸张地形容马的表情、样子和每一个部位。作为文学手法，这种描写不免有些虚张声势，但也透出了他们心底里的默祷：热爱马吧！马是蒙古人说不尽的话题。此外说不尽的话题还有草、女人和酒。我橱上有一尊蒙古国的瓷马，白色，温驯，备鞍鞯，昂首直立，并无奔腾之势。蒙古人看了之后，都赞美：“唉！这才像个马。”汉人涉及马的雕塑，多取悲鸿笔意，把水墨意味愚蠢地雕刻出来，马鬃像刺猬针一样直立。汉人艺术源流中的马，造型好的存乎汉墓画像砖的古朴与唐瓷的遒劲之中，两者均具龙势，与大唐大汉相衬。蒙古人眼中的马是静态的，安然于天地之间，灵慧而和蔼。与蒙古人一样，它也有性格的另一面，暴躁与拼争。骑兵部队的战马，受伤卧下，一听到冲锋号便站立疾驰。对流血的主人，它会痛心疾首地围转，甚至悲鸣不已。这就是战马，而不关其毛色像锦州的什么缎子。

在我父亲支离破碎的战争故事中，提到马，他总是肃然，像讲述一位领导的行状。骑兵心中最为不忍的事情，大约就是掩埋战马。他们不愿讲述这细节。战争回忆对于一个倾听者来说，令人不快的在于讲述者无意流露的细节会像弹片一样嵌在脑海里，给人深刻的恐怖甚至怪诞感。我父亲说，他们的部队攻打沈阳时，行军间传令在苏家屯的公路上待命。一发炮弹（只一发，搞不清是哪一方射来的）落在他们的队伍里，当时我父亲拿着烟袋锅正想和身旁的班长（也是他远房的叔叔）对火。爆炸之后，我父亲目瞪口呆地发现他的叔叔班长消失了。硝烟散尽，队伍又开始进发，他回头看到头顶的电线上一段残手握着烟袋，上面挂着六个飘带的烟荷包。烟荷包是蒙古男人重要的装饰品和情爱信物。那时，在电线上抖来抖去的彩绸飘带就是牺牲者的全部了。讲述时，我父亲的眼神又装满十七岁时的疑惑："我叔叔怎么就一下子没了呢？"我本来就沉湎于这种疑惑与残酷之中，听到这样的反问，更加不安起来。我怎么知道呢？答案本来很明显，他被炮弹消灭了。但我父亲痛苦的疑问是，他叔叔的笑脸、幽默、嘴角叼着烟袋和怀抱步枪的悠闲样子一瞬间如此彻底地消失了，（难道能够按顺序消失吗？）而烟荷包却明明白白地飘着。我父亲是否在想，让烟荷包消失让叔叔从炮弹崩起的浮土里一边咳嗽，一边站起来呢？

我感到，历史在许多时候常常以魔术家的身份出现。当有人在离时代的放映机镜头最近的地方伸出普通的手掌时，光束印在银幕上的则是一只历史的巨手，这只手还可以在银幕上做出许多古怪的手势。而其他的人，无论队伍蜿蜒了多少公里，均被溶入黑暗的背景之中。也就是说，当真正的演出开始之后，所有的人都要退出舞台，只有演员留在上面。五十年代末，我父亲被清洗出军界，在地方做文化工作。我家从呼和浩特搬到赤峰后，他仍和过去的战友们宴聚。内蒙古骑兵在结束四十年代末的战事后，六十年代初期去另一个少数民族区域青海，成功地剿灭了那里的匪乱。到六十年代末期，内蒙古骑兵师——从骑一师到骑五师的官兵全都面临灭顶之灾。内蒙古的“挖内人党”运动，使这些人中的大部分遭受到关押、肉刑和精神摧残。其他地方的情形我不清楚，赤峰郊区的骑兵团(四九四八部队，老十四团)是酷刑最惨烈之处。这个团的团长(或许是政委)被打得遍体鞭伤之后，洒上盐水，用胶布裹住全身。几天后，造反派把胶布连肉带血撕下来。这位受刑人的名字我忘记了，仿佛叫阿穆尔萨纳或其他。最后，他被打死了，死之前双眼被挖出。他的家人回到了牧区老家。这个团的蒙古族官兵在“文革”初期，许多人被打死、致残或遣送乡下。此团番号旋被取消。在这里，我不会发出这样的疑问：是什么人施行了这样的酷刑？这种问题没有意义。只能说是某一些人，在当时是多数人，至于他们是北京军区派来的或是本团的人都不重要。现今他们都活着，他们知道自己所做的事情。那个被折磨死的团长原来也有一条生路可走，即供出其他“内人党叛国分子”的名单。他只供了一个名字，外调人员发现那是他故乡的一只狗的名字。死者的高贵也正在这里：不想让其他战友遭此酷刑。但他的战友也没因他的高贵而幸免于难。我父亲也没因脱离军界而未遭劫，他被吊打十五昼夜，直至精神错乱，全身多处骨折，时在1969年的昭乌达报社。有几位参与领导和实施酷刑的人的名字我已经没有兴趣录下。我父亲至今健在，当时的总编和蒙编部主任因不堪酷刑，自杀了。

1984年，新华社电稿平静地发出一条简讯：我军取消最后一个营级骑兵建制。我不想问我父亲对此有何感想，因为他不会戏剧化地产生什么感想。他已经离开了社会主流，而在战争年代也不过是微不足道的小兵。然而，无论他当年怯懦也罢，茫然与蛮勇也罢，一种骑兵式的行为已在他心里定势，做什么事都要冲锋。譬如翻译和出版几种蒙古族传统文化的书籍。事实上，当骑兵很糟糕，首先这种冲锋的心理定势就使人不得安生。然而战争留给人的就是这些，它无法改变。

不久前，我父亲来到我在沈阳的家，吃到一种叫“红富士”的苹果。他认真地吃过之后，告诉我：“嗯，好吃。”我眨着眼睛不知怎样回答才好。

这岂止是“好吃”，时下的歌舞厅、凯迪拉克、把头发染成红色的女人、电脑绘画和彪马运动鞋等等，怎么能向这个老骑兵说得清楚呢？

# 酒别

我爸开始出外喝酒那些日子，恰是携我游历的辰光。在故乡的小城里，他享有翻译家的美名，浓密的黑发向后背梳，豪爽侠气，俨然美丈夫。他把一些后来被称为“大毒草”的流行小册子译成蒙古文出版，如《松树的风格》。有了钱，就找人喝酒。喝酒时，他牵领我归去来兮。

我爸的酒侣都是军方战友，昭乌达军分区的那森泰、松拉扎布等人。他们均为骑兵二师的革命刀客。

对我来说，有趣的记忆是酒后相送一幕。当时，我爸用洋铁皮水桶盛了满满一下生啤酒，远足十里之外的东大营（骑兵团驻地）找我妈的一位表弟喝酒。我爸体格好，大骨架子，拎着一桶啤酒抖擞前行，并不吃力。路途是一条从没通过火车的铁道线。两旁柔细的沙丘上覆落枝叶招展的绿杨。甫出几里，我爸又生创意，撅一根茶杯粗的树棍承担酒桶，我担他提。待我肩膀肿痛时，则换左肩右肩。夏日流火，我们爷俩汗浸衣衫。歇着，我爸箕踞喝一气啤酒。我说：“爸你多喝点，省得沉。”我爸严肃：“那哪行！”

现在知道，啤酒在不密封的容器里晃荡十里，泡沫逸尽，味也薄了。但这只是“现在知道”，正如现在没有担着一桶啤酒步行十里邀人痛饮的父子了。

到了东大营，我那位上尉表舅欢喜不安，他个矮面善，手捧我爸的白府绸褂子与草编礼帽尊重地挂在高处。转身吆喝外屋的老婆:“炒菜!”菜只有炒鸡蛋与肉罐头。我们家的洋铁皮水桶安置地中央,他们敞怀畅饮。举箸“咕咚”之前也有几句寒暄,“姐姐好吗?”舅舅问。“孩子们好吗?”我爸问。回答皆是“好,好”。碰杯之后,他们执军绿色的糖瓷缸子探入水桶舀酒。说着笑着,酒至半桶,彼此露出敬佩之色。最后酒喝干了,鸡蛋也炒过了三次。我表舅把两个茶缸并放桌上,跟跄举起并不重的水桶,使余汁分流两杯之中,甚至左一滴右一滴。这时,他发现酒里早匿一只昏迷不醒的瓢虫,便拈出大笑,仿佛发现了同志。我表舅把指上的瓢虫弹飞之后,穿上军服,金色的肩牌缀三颗银星。他扣上大宽皮带,由肩至腰另有一条窄皮带(至今我仍不知其称谓)斜挎,比小人书里的好看。

“走!”他说。当时天色已经黑了。“我送你们。水桶撂这儿,下礼拜我拎啤酒上你家喝去!”

“别别!”我爸推掌,像分开两扇门一样,“桶我们拎回去,你哪能拎一桶酒去?忒沉!十里多地呀!”这时候,他说实话了。进屋时我爸轻蔑地称这桶酒“飘轻儿”。

“那你不拎来了吗?”表舅质问。

“问题是你到我们家喝酒,门口馆子有的是酒,你拎它干啥?”

“那你拎它干啥?”

“那我也不能空手来呀?”我爸委屈地说。

“你不带孩子来了吗?”表舅指着我。

我爸仰起脸困苦地思索着水桶的问题。他豹眼环张,大分头傲慢右梳。我们家族的人眼睛都大而圆,这并非威胁谁,就像我爸笔直削挺的鼻子也没想吓唬谁一样。他只是骂人的时候才把眼睛眯一眯,所谓“小视”。

“嗯。”我爸首肯了,他可能想起了蒙古人素无将客人带来礼物的兜子空虚带走的礼数,一般装点儿奶豆腐红糖什么的请客人携回。但我爸带来的是一只铁皮桶，不同凡响之至。“你去的时候装半桶啤酒就行。”我爸说。

“一桶！”

“半桶！”

等等。这里不叙了，因为都是醉话。当时我刚刚挣脱第二次睡意，在摆弄表舅的辽沈战役纪念奖章。表舅母金香温良微笑，听他们叱咤争论。最后，水桶在此做客一周。

步出东大营，月牙儿已如吕布那杆画戟一般下弦，左右踱步的哨兵肋下枪刺在夏夜倏忽一闪。我们两高一矮横行，仍复行铁道线。两根静卧的铁轨在月光下如银链伸向丛林的交汇处，如蒙古妇人高髻上长长的银簪。黑黝黝的树丛像两队看不清面孔的送行的队伍。它们的背后宛如东山魁夷笔下的珐琅的清明之夜。

我爸和表舅先在枕木上走，间距局促，让人步伐小气，身态如穿厚底靴的满族女子，显见醉汉不宜。而后改走铁轨旁的小路，不时手拨遮脸的树枝。

他们摇晃着，不觉间唱起歌来，当然是蒙古民歌。蒙古人总是如此，歌酒相随。表舅喜欢唱轻松细巧的情歌，如《万姐》——

要说这海青色的绸巾，
是海山哥哥在锦州给我买的。
要说这金丝边的坎肩，
是金山哥哥给我在盖州买的。
……

他扭颈唱着，用手拽展军装的大襟，其拖腔成为“买的——哎”，极尽珍惜。

我爸唱悲抑宽广的科尔沁民歌,唱时,他会无由地兀立荒草间不动,眼盯着天上的星星——

> 榆树呀柏树,要是真的烂了根呀,
> 剪子翅的莺歌鸟儿要到哪里去唱歌?
> 心上的人儿达那巴拉今天动身去当兵,
> 啊哈咳——留下金香一个人,
> 瞅着谁的颜面过日子呀?

那时我父亲轮廓清晰的脸上一定分散着泪水。想家,想抚养他长大的奶奶和早逝的闻名百里的民歌手爷爷。蒙古歌的确是没有眼泪的哭声,是表面平静但暗涌奔突的河流。对蒙古人来说,从不担心无歌可唱,别说十里,就是走上五十里,歌声也断不了线。他们从小生活在美好而无尽的歌海里。

这样,很快到了我家——盟公署家属院。稍事闲话,我爸起身送表舅回东大营,我仍追随其后,重新走上这条亮闪闪的铁道线上。他们彼此搂着肩膀,谈论女人或骂某长官,也唱歌。又到了东大营,哨兵换过,仍对表舅敬礼如仪。表舅母睡下了,掩襟起身上茶(蒙古女人从不会拂逆丈夫哪怕是乖张之举)。啜两口茶,我爸又戴上礼帽,说"走啦",表舅扣上大檐帽说"我送"。他们在门口诚恳坚定地讨论送与不送的问题,兼有推搡较力。结果还是送。半路上,他们坐下抽烟,我爸抽"迎春"牌的,蓝地儿上一嘟噜灿烂的碎花;表舅抽"大生产",都有锡纸包装。互相敬让,烟头明灭。到了我家,他们复进酒菜。表舅辞行,我爸抬臂——"东大营"。这时我妈已由微嗔转入忍俊不禁。劝表舅住下。他正正皮带:"那不行!明天还带兵出操呢,必须走!”我妈对我爸说,“那你别送了,咋送不也得分手吗?”

我爸怒目:“这是什么话?人家送我,我怎么能不送人家呢?”这就是他们互相送别的理由,依此理由他们将永远送下去。这里边有酒劲,但无虚伪。

后来,我在炕头睡着了。次日天亮,眼见表舅蜷睡炕上,大皮带仍系着。其后的事情是我爸将表舅送到东大营,表舅又送我爸回来,东方即白,途未穷但力尽矣,只好在梦中奔波了。至于谁来领兵出操,就搞不清了。我表舅所在部队全团官兵多是蒙古族子弟,参加过辽沈战役。按“四人帮”的逻辑,一支由少数民族组成的部队,必定会叛国。在“文革”中,赤峰地区的酷刑多发生在东大营,如在伤口上洒盐水,用胶布粘上再连血带肉撕下。他们的团长尚未咽气时,已被挖掉双眼,割去舌头。此团官兵中的多数遭受酷刑之后,给一些钱,转业复员,星散了。大多遣返农村牧区。部队番号旋即取消。

表舅在“文革”前调往集宁市。离开东大营对他不知是幸或不幸。因为一个蒙古族的军职人员像在苏联的犹太人一样,不免会遭极权主义的政治清洗。在渡尽劫波之后,他们如果想起这段酒后相送的旧事,大约能够开颜一笑吧。而我写下这件事的理由之一,也在于为了使他们忆起青春时光中的一段快乐的趣事。

而铁皮水桶,在第二个星期日被表舅盛满啤酒,满头大汗地送至我家,我们则不必羞怯地端着洗脸盆子从井台往家端水了。

# 继母

到胡四台的第四天,我爸说:“得看看你奶奶,咋也得去。”

他的口气虽然像商量,但很坚决。

塔娜因为感冒,头朝里躺在炕上,拿着一瓶风油精,听了这话,仿佛要笑出来。

她要笑的理由我了解。我奶奶是我爸的继母。曾祖母住在赤峰的时候,多次讲述一个故事,大意是:这位继母过门之后,把鸦片拌入黄油红糖的秫米粥里,飨以我爸。那时他三岁,最喜美味。就在这节骨眼上,曾祖母看出事情蹊跷,夺过碗,叱令我父亲的继母吃下去。我的曾祖母能在风平浪静中发现饭里有事,只是她一生所历奇迹中的一种。在我儿时,听曾祖母用蒙古语讲过全套的《瓦岗寨》和《三国演义》。曾祖母不识字,她年轻时听汉人说书,只一遍就能把几百万字的故事记下来,且转译蒙古语。书中人物相貌秉性、兵器屋舍乃至草木虫鱼,无不栩栩如生。当她平端尺多长的烟锅向前一戳,烟雾从唇齿浮漾之际,吐露故事可谓天花乱坠,而曾祖母则庄严如故,无论厮杀场面怎样血肉横飞,仍临危不乱,表示贵族身份的圆发髻高高绾在头顶,所谓“百会”之处。面对这碗秫米粥,我爸的继母没敢接,“扑通”跪下了。我爷爷也跟着跪下了。曾祖母把这碗粥顺窗户泼向当院,一条狗欢快飞舔,仆地,替我爸死去。

我妈常在不同的情境下引用这个故事，使其产生奇妙的寓意。譬如我爸翻译书稿挣了钱的时候，酒醉以及拍案把筷子震挺高的时候，也包括他在小园里种了许多向日葵，窗前蜜蜂飞舞的时候。我感到我爸一次又一次从他继母的毒害中逃逸，他对我妈提起此事并无快意，倒不是怕死，仿佛别有感触。

我爸三岁已成阔人，以眼睛特大、偷瓜、飞掠马背和擅骂人驰名于朝鲁吐一带。他常站在墙头上滔滔不绝地、用无法称之为文雅的骂人话把富人小姐弄得不敢出屋，出屋亦心跳耳热。乡亲们知道，当我爸爸的大眼睛乌溜溜转起来后，就有人(包括庙里的喇嘛)和瓜要倒霉了，与我大伯的温良恰成对照。曾祖母将我爸昨日之种种称为聪明，并让大伯放羊，我爸念书。

他们跪了一宿，第二天被撵走。我爷爷彭热苏瓦早先是个当兵的。曾祖母独身抚养小哥俩。后来我爸也投军，远飏天涯，与其继母基本没有来往。而此时我爸这样说的时候，于我是意味着到供销社买礼品，于堂兄朝克巴特尔是套马车。

路上，朝克巴特尔翻来覆去地说自己种的玉米长势好，甚至停下马车指点。在南沙梁子下面，朝克巴特尔的玉米地高出别人一头，黑绿叶子肥大，像欧洲球员与亚洲同事站在一起那样。马车轱辘在沙窝里磨蹭着，不时把大胆探头的浅粉色的牵牛花轧过去。在车厢的花棉被上，陈虹和鲍尔金娜挺身坐着，腰身随车韵律一致地扭动，以手遮阳，像给玉米仪仗队敬礼。我外甥阿斯汗惊讶地盯着辕马的臀部，后者高傲掀尾，粪蛋滚滚而下。在我小时候，曾用包点心的红纸包一提溜马粪，放在辽河工程局墙外的大道上，等贪财的人来捡。等有人发现，见左右无人，弯腰捡那纸包时，我们从墙后探身爆笑，羞得那人疾走。

我奶奶住在依咪姑姑的东屋，破旧而凉爽，窗台玻璃爬满豆角的桃形的叶子。她躺在炕上睡觉。实际说不上睡，而是一个老人临终前的静寐，像在归途上等车。我们到来，依咪姑姑叫醒了她。她转过头，眼神是陌生的，宛如刚从另一个世界而来，即使对烟酒礼品也无眷恋之意。她身体非常柔软，九十多岁，已经坐不起来了。看得出，她年轻时姿色不同一般，即使现在目光仍锐利，皮肤白而细。炕梢放一叠新衣服，内衣和外衣。显见是一俟奶奶咽气，就随时穿的。

“介……”(蒙古语，是，是的。)依咪姑姑的额头掐两行暗紫的血印，如扑克牌的方块，她笑着抚摸母亲的头发，意谓就是这样。

我爸大睁眼睛看老太太，半晌没说话。

依咪姑姑大声喊：“那顺德力格尔！那顺德力格尔依日介！契尼乎必希！”

“那顺德力格尔”是家父的名字。依咪姑姑的反复喊声，企图唤起我奶奶对那个大眼睛男孩儿的回忆。后面的话是，他来了，他不是你的儿子吗？

“什么？什么？”老人用目光茫然、徒劳地寻找什么。她什么也认不出来了。

“嫫嫫！”我爸低声叫，音有些抖，“嫫嫫……”

在蒙古语中，“嫫嫫”即妈妈，作为动词，又指吃奶的动作。这是非常亲的、连着血肉的词。

“嫫嫫”，我爸的口气越发轻了，像微风吹过花朵。他仿佛回到了童年，至少那种语调如此。

没有办法了。我爸把钱放在她枕下，老太太接着静寐。临走时，他用可怜的目光看炕上这个身材已经很短小的老妇人，说：“‘文革’的时候，她替你爷爷挨了好多的打，铁丝都勒进肉里了。”

原来在我爸心里，继母经受的痛苦原本是应该由我爷爷经受的，虽然我爷爷已于光复之年就死去了。她的苦楚,不止勇敢而且是奉献了。

"……胳膊被拧断了,把烧红的炉盖儿放在她头上。"我爸缓缓介绍他故乡的造反分子折磨他继母的情况。

我们低头在架上的丝瓜间穿行,一行新栽的小葱透出像马兰那种银灰色的深绿。

朝克巴特尔拿鞭子站在车旁,他用一种特殊的笑容看着我爸,就像早上塔娜发笑一样。

夏季的峥嵘云阵里,余晖放射而出。我爸由于刺眼而皱着眉,向马车走去。阿斯汗在他身后问:"姥爷,你妈不认识你了,要是亲妈,她就认出来了。对不对姥爷?"

阿斯汗边跑边追问着,我爸在朝克巴特尔的搀扶下费劲地爬上马车。我没看到他的表情。

# 伊胡塔的候车室

科尔沁夏季的太阳照在没有边际的沙漠上的时候，那种刺眼的金黄让人不大敢四处张望。金黄的视野内有一间车站，日式拱脊建筑，顶上涂黄粉，屋檐的木板刷绿漆。当火车从远方呼啸而来时，它像穿节日服装的男孩子一样，捧着鲜花迎接，鲜花是月台上的两株丁香树，暗散使人头脑迟钝的浓香。

车站有两间房。候车室，另一间应该是站长室，但窗台挡蚊的纱布里探出一只狗的脑袋，如雕像似的一动不动，等着风来吹发亮的黑鼻子头。

候车室的两张长椅，对着放，挨得很近，身后是墙壁。我坐下以后，面对的是一位老人。两个陌生人，就这么鼻尖对着鼻尖坐着，没办法。

老汉两撇灰胡子向上翘起，能看出他常常用手捻，有尖。是一种晚年的游戏。老汉眼睛望着屋顶，目光迟滞，隔一会儿，飞瞥我一眼，接着连眨几下。显然他不习惯我像傻子一样盯他胡子看，距离太近。

这种式样的胡子，即使到了戴高乐时代也落伍了，如今在一个乡村的蒙古老汉的唇边出现。我不小心笑了出来。这使老汉猝不及防，也笑了，眼光灵活而明亮。他仿佛早就想笑，没敢。他是一个谦恭的乡下人，牙齿没几颗了，一笑，他的嘴像藏在柴草里的缺碴的旧碗，而红软的舌头蠕动在牙洞间。

交谈。老汉是图力古尔人,去甘旗卡的外甥家做客,膝上的布袋里装了一些杏,还有一包红茶和茶缸子。他说第一次去甘旗卡。甘旗卡是一个镇。他用粗黑裂口的指头,轻轻捻着浅粉色的车票。

话语结束,候车室又静下来,老汉向门外望闪闪发亮的铁轨。他用力抬眉毛,扛起前额一堆皱纹,这位老人与科尔沁草原的其他人一样,过着简朴的生活,心智单纯。假如你一笑,他会立刻报之一笑,胡子尖升达颧骨。他们的笑容,一生浮在脸上,没间断过。像孩子一样,他们笑起来很容易,绷着脸却困难。这样的脸如果不笑,看上去反而不得劲,仿佛带着忧愁。

# 照相

我大伯布和德力格瘫痪于科尔沁草原的沙漠深处，村名胡四台。他匍匐着种点菜和玉米，也能喂喂猪。

我爸率领一帮子孙后代去看望大伯，临分手时要照相。让他和我爸并排坐好，他总坐不好。一听说照相，他竟然连“坐”这么简单的事也不会了。

按快门时，他大骇举臂，几乎后仰落地。闪光灯的一道白光把吾大伯吓着了。他生气了，质问：“什么？这是什么？”

答曰：“这就是光。屋子暗，照相得有光。”

他还是很生气，说：“我知道这是照相。照片呢？把照片给我。”

我爸说，你大伯没照过相，吓这样。

后来我想，不对，他照过相，五十年代，他去呼和浩特治肺结核，跟我爸有过合影。在照相馆画有北海白塔的虚假背景前，他们哥俩儿似笑非笑地照了一张相。

不过，那时候的照相机是个大盒子，师傅把脑袋塞进红面黑衬的布袋里鼓捣，然后伸出一根手指：“看这儿，头再歪点儿，别动。”攥指捏咕一个橡皮玩意，就照了，没闪光灯。

我知道大伯害怕闪光灯。

我爸走时，大伯全家三十多口人往村口送。大伯扶着窗框，流着泪喊："明年你们来啊！我数着手指头等你们。"

明年再去，大伯就无惧于闪光灯了。

我梦想给所有没照过相的人照一张相，尽管他们会被闪光灯吓一跳。

# 小羊羔

在伊胡塔草原那边,今年也发了水。水退了,仍在地面盈留寸余。远望过去,草原如藏着一千面小镜子,躲躲闪闪地发亮,绿草尖就从镜子里伸出头来。马呢,三两成群地散布其间。马真是艺术家,白马红马或铁青马仿佛知道自己的颜色,穿插组合;又通点缀的道理,衬着绿草蓝天,构图饱满而和谐。

这里也有湖泊,即“淖尔”。黑天鹅曲颈而游,突然加速,伸长脖子起飞,翅膀扑啦扑啦,很费力,水迹涟涟的脚蹼将离湖面。我想,飞啥?这么麻烦,慢慢游不是挺好吗?

湖里鱼多,牧民的孩子挽着裤脚,用破筐头一捞就上来几条。他们没有网和鱼竿。我姐笑话他们,说这方法多笨。我暗喜,感谢老天爷仍然让蒙古人这么笨,用筐和脸盆捞鱼。我非鱼,亦知鱼之乐。

这些是我女儿鲍尔金娜从老家回来告诉我的。

在我大伯家,有一只刚出生七天的小羊羔。它走路尚不利索,偏喜欢跳高。走着走着,“嘣”地来个空中动作,前腿跪着,歪头,然后摔倒了。小羊羔身上洁白干净,嘴巴粉红,眼神天真温驯。有趣的事在于,它每天追随鲍尔金娜身后。她坐在矮墙上,它则站在旁边。她往远处看,它也往远处看。鲍尔金娜珍怜它,又觉得它很可笑。

小羊羔每天下午四点钟停止玩耍，站在矮墙上"咩咩"地叫。它的母亲随羊群从很远的草地上就要牧归了。天越晚，小羊羔叫得越急切。

这时，火烧云在西天逶迤奔走，草地上的镜子金光陆离。地平线终于出现白茫茫的蠕动的羊群，它们一只挨一只低着头努力往家里走。那个高高的骑在马上的剪影，是吾堂兄朝克巴特尔。

羊群快到家的时候，母羊从九十九只羊的群中窜出，小羊羔几乎同时向母羊跑去。

我女儿孤独地站在当院，观看母亲和小羊羔拼命往一起跑的情景。

母子见面的情景，那种高兴的样子，使人感动。可惜它们不会拥抱，不然会紧紧抱在一起。拥抱真是天赋人权。紧紧抱在一起，是结为一体的渴望。动物中，猩猩勉强会一点拥抱术，但那种虚假，实在不堪。

小羊羔长出像葡萄似的两只小角。那天，它在组合柜的落地镜里看到自己，以为敌人，后退几步，冲上去抵镜子。大镜子哗啦碎了，小羊羔吓得没影儿了。这组合柜是吾侄保明为秋天结婚准备的。保明对此似不经意，他家很穷，拼命劳作仅糊口而已。但镜子乃小羊羔无知抵碎的，他们都不言语。

我嫂子灯笼(灯笼也是人名，朝克巴特尔的老婆)对小羊羔和鲍尔金娜的默契，夸张其事地表示惊讶。在牧区，这种惊讶往往暗含着某种佛教的因缘的揣度。譬如说，小羊羔和鲍尔金娜前生曾是姐妹或战友。

鲍尔金娜每天傍晚都观察母羊和小羊羔奔走相见的场面。这无疑是一课，用禅宗的话说是"一悟"。子思母或母思子是人人皆知的道理，但这道理在身外的异类中演示，特别是在苍茫的草地上演示，则是一种令人心痛的美，用女诗人李琦的话说，是"一种很深的难过"。

对人来说，往往不知别人怎么疼自己，虽然港台电视剧天天在宣扬这种恩怨故事,人们还是不懂。

小羊羔和它的母亲,以这么本色的演技(实际未演)和这么简单的情节(无情节)把一切都弄清楚了。

我的梦想包括在生活中看到这样的情景,虽然这并不容易。

# 火车

阿拉木斯是我二堂姐阿拉它的孙子，今年五六岁，颧骨上有个半圆的牙印，狗咬的。阿拉木斯爱笑，一笑，狗印跟着圆。他每天都梳着整齐的分头来我们这儿，水淋淋的，我堂姐给梳的。他前额有一绺毛不服梳，弯弯地探下来，使这个沙漠深处的小男人有了些时髦的意思。

我们去探望大伯，住在堂兄朝克巴特尔家。每天太阳升起的时候，亲戚们陆陆续续来到这里说话。朝克巴特尔家里像过去的生产队部一样热闹，旱烟味、狗和小孩在大人腿间钻出钻入。窗外木桩上挂着马，以尾扫虻。再远处是银镶一般的湖泊。

阿拉木斯随我二堂姐而来。同来的还有他的妹妹海棠花。海棠花胖而安静。她始终坐在二堂姐膝上，似乎连眼都不眨。她唯一的动作是趁人不注意时，用小胖手把丝袜从大腿娴熟地卷到脚踝，见有人观察，又悄悄卷回原处。这里方圆百里也没有穿丝袜的，她是唯一的淑女。阿拉木斯则不同，指天划地大气磅礴。倘若哪个房间传来碟子碗的破碎声以及人们吃惊的尖叫声，必与阿拉木斯有关。他高声申辩，并准备夺路而逃。不一会儿，阿拉木斯又笑吟吟地回到人们中间，带着脸上的狗牙印和那绺不肯后梳的颤颤的额发。

有天傍晚，大伙儿多吃了几杯酒，在东山墙的阴凉处歇息，看几十里外的天空打闪。近处,一队骆驼沿沙丘的峰缘走下来。这时,头顶出现一架双翅小飞机,防雹或做什么事情。大伙很激动,在偏远的牧区,能看见飞机被认为是幸运的事情。

朝克巴特尔说:“阿拉木斯,好好念书吧,长大开飞机去。”

大伙啧啧,表示这种选择太正确了。

想不到,阿拉木斯竟沉下脸,坚定地说:“不!”

朝克巴特尔问为什么。阿拉木斯不回答,低头大步在沙地上走,无论谁问都一律摇头。

阿拉木斯何以如此轻蔑飞机呢?后来,我父亲问,他才说要开火车。

阿拉木斯说,“火车大!”他呼地伸开双臂,并左右看自己双臂够不够大。“火车,这院子也装不下。还有,火车声音大,呜——”阿拉木斯的脸已涨红。他被火车的体积和震耳欲聋的声音所折服。这就是力量的象征。

显然,他认为天上的飞机太小了。二堂姐说飞机倘若落在这院子里,也很大。阿拉木斯不信,说,“依嘻!”这在蒙古语里是表示鄙夷的感叹词。依嘻。

朝克巴特尔很不满了,说,“火车,甘旗卡就有;飞机,通辽才有。”

通辽是一个市,甘旗卡是县城。“依嘻!”阿拉木斯摇摇头。所谓大丈夫威武不能屈。

“飞机上随便喝汽水,”朝克巴特尔又说,“火车上喝米汤。”

“依嘻!”阿拉木斯连头都不屑摇了。

这是出现飞机那天傍晚的事,我们对阿拉木斯的火车情绪很钦佩。他对飞机的偏见也令人发笑。

我们走的时候,家族的人雇了一辆中型吉普送我们到甘旗卡,阿拉木斯也去了。在月台上，大伙等火车到来。我买了一些香瓜、杏和汽水，招待亲属。唯有阿拉木斯不吃，他焦急地向远方瞭望，或大幅踱步。

车来了，我们忙于道别，搬东西。坐上位子之后，看到阿拉木斯远远地站着，用异样的眼光看我们，像看世界上最幸福的人。他表情出神，那绺头发无规则地在风中飘动。

我心里一酸，想带他走，坐一坐火车，但这事实上是不可能的。

开车的时候，我看见阿拉木斯的泪水在顺脸颊流淌，那必是为火车而流。火车已开出很远，我感到阿拉木斯还在向这边看，二堂姐用手拽也拽不动，脚下像有了钉子。而海棠花正悄悄地用手卷丝袜。

# 乡居

在门前拴一匹马，是何等气派。而这在乡间才会成为可能。

白马伫立门前，阳光洒在身上，好像在揣摩一天的农事。黎明，家里人把门打开，传出许多喧哗，炊烟、吆喝、柴草在锅下的毕剥，如此正规地揭开一天的序幕。

在胡四台九月的早晨，我堂兄拎来一桶清亮的井水，饮马。他用刷子耐心地刷着白马的脖颈和臀部。马的筋肉在皮下舒服地弹跳。我嫂子打开鸭栏，鸭子像网中的银鱼一样飞泻入塘。猫蹲在窗台，默不做声地看着这一切。

这时，孩子们在门前次第出现。他们腌臜、懒散、揉着眼睛，刚刚醒来就互相指责。摇着尾巴的狗，急匆匆地进屋并跑出来。

一个乡间的家展示的活力让人羡慕。就是说，当人的身影在动物们中间交错闪映时，才觉出家的丰足。所谓人丁兴旺并非是一张挨一张的人的面孔，还有动物——也是家的成员，还有树木和天气。

堂兄拎着钉着铜钉的鞍鞯走过来时，白马竖起耳朵，它的眼神俊美，睫毛遮映着亮晶晶的眸子。风吹过，钻天杨哗然细语，露出绿叶背面的浅灰。而窗下骤起尖叫，这是我嫂子抓住一个孩子为他洗脸。这尖叫仿佛受到了屠戮。

孩子被洗净手脸，反变得怯生生的，茫然注视着母鸡啄食。瘫痪的大伯颤抖的低音从后屋传出——

“酒啊，我要酒……”

在这样的早晨，喧哗很快转移到餐桌上。在炒米、茶、玉米饼子、酸奶和粥之上，笼罩一片稀里呼噜震天的吃饭声，争吵又在孩子中间发生。饭后，男人到草场去，女人收拾碗筷并打孩子，阳光已经斜着照在墙上装满合影小照片的镜框上面。

我看到这些，看到堂兄骑在马上走远，看到嫂子扬玉米粒的手在空中松开，鸭群优美地攒集岸边的时候，感到创造一个家多么艰辛，又多么诗意，满足感从四外包围过来。难怪我大伯即使在早上也以低沉的喉音呼叫：

“酒啊，我要酒……”

在乡间，家的概念被融化在草木牛羊之间，丰饶无尽。

# 格日勒

在我大伯的孩子里面，格日勒并不是最穷的。她已经盖了房子，而且有房顶(吾侄保明的屋顶则不全，让暴雨浇塌半边后，一直没修复)。格日勒的家里，除了几床被子和地上的黄狗带点鲜艳的色彩外，其余一律是土色，墙、炕和窗台。

我爸环视一周，说："挺好，年轻人都是这么过来的。下回带点蒙文报给你们糊墙。"

格日勒脸色红扑扑的，张着大嘴傻笑，同时用右手使劲扭着左手的指头，仿佛那指头犯了什么错误。她根本不在乎糊不糊墙，只对我们的到来表示欢迎。

格日勒的财富都在外面，即房前屋后的已长出几片叶子的黄豆。她在北山后还有几亩玉米。

"哎哟，格日勒还能种黄豆呢?"我姐塔娜惊讶地看着这些豆苗。格日勒住在塔娜家里的时候，是最懒不过的。

格日勒笑着，扭手。她是我大伯最小的女儿，在赤峰住过几年。她个儿高，身架像外国模特一样，长得也像，大嘴尤似索菲亚·罗兰。无论你怎么说她，格日勒都不改笑。但说大劲儿了，她鼻尖也浮一层细密的汗珠，不断擦去不断浮出。对格日勒的各种毛病，我爸一般抢过话头先说几句，他的意思是不想让别人再说她。

“种树。”我媳妇说,“格日勒你种树,种树最好了。”别人家的院套大多有树,气脉旺盛的样子。格日勒的房子像古堡一样孤零零的,被几寸高的小黄豆苗簇拥着。

格日勒笑着听。她心里一定说,我也不是傻子,种树干啥?种树当年也收不上什么。

我们这次到胡四台,带来一些旧衣服,分的时候如我妈所说“平均一下,免得她们闹意见”。“她们”是我的堂姐妹们。但我媳妇还是上街选了一些新衣裙,送给格日勒,还悄悄告诉她:“你别一下子穿出来。”

要是“一下子穿出来”,我堂嫂灯笼就会生气,我们住在她家。这几天,灯笼已讲了格日勒不过日子的种种缺失。但她不懂,感情是在人的优缺点之外的一种顽固的东西。就在我们刚下车的时候,那个傻傻地站在门口的格日勒,飞也似的跑过来,搂住我媳妇,脸埋在她肩哭出声来。虽然她并不知道陈虹偏心眼给她多带了东西。

我们来到之后,西屋就像公社一样热闹。兄弟姐妹们带着孩子和狗川流不息,甚至连大堂姐斯琴的猪也姗姗而来,但被灯笼撵跑了。我们的确也没给猪准备什么礼物,譬如项链或口香糖。孩子们身体黝黑,肚皮紧绷绷的,似乎准备随时飞奔。他们在静默中接着我媳妇一一送出的包裹,里面是旧衣服、鞋或其他,回家。不一会儿,他们穿上这些衣服出现在西屋,这实在有趣。譬如格日勒的丈夫、眼窝深陷的宝莲穿着我跑步时的一件T恤,他身旁的哈萨的丈夫、笑容可掬的乌力吉穿着我的另一件T恤,他们并肩而立。那些孩子们穿着我女儿鲍尔金娜各时期的衣服,表情各异。鲍尔金娜惊讶地闭上了眼睛。

而最为光彩照人的是格日勒,什么衣服穿在她身上都十分惹眼,可惜她没生在巴黎。效果在于,不一会儿她又换了另一身衣服出现在人们面前,洁白的牙齿粒粒可数。

我爸叹一口气,说:“格日勒没心。”灯笼开始在窗下骂狗,声音冷冷的。我的另一些姐妹仿佛想用目光敲折格日勒的腿,省得她一趟一趟回家换衣服。她们从鼻孔里出气,鄙夷老格——这是塔娜的叫法——的浅薄。老格家离灯笼家不远,家里门窗洞开着,她、宝莲和六岁的女儿萨如拉以及名叫巴达荣贵的黄狗,在深绿的草地上不时朝这边走来。宝莲是个孤儿,带灰色的黄眼珠极为深湛。他常常是惊慌失措的,正如他的黄头发东倒西歪一样。他仿佛自知配不上格日勒,在家族聚会时谦卑地站在后面。但这并不妨碍常常被我堂兄朝克巴特尔揪出来数落一通。在牧区,一个成年男人如果没畜群和自己的房子,似乎对任何人都要带着歉意。格日勒和宝莲的房子去年才落成,是我堂兄无偿为他们建造的。

在格日勒穿着城里的衣裙飘然而至遭遇各式目光时,她大姐斯琴的笑容是始终不变的。斯琴五十多岁了,当了奶奶。我父亲在内蒙军区的时候,接她赴呼和浩特读到高中。每天早饭前,她盘着光洁的头发,领着所有的孙男弟女,蹒跚着从她家房后的墙豁儿迈过,朝灯笼家走来。我每天都去公社买一些果蔬,分给孩子们。当斯琴的六七个孩子领到自己的一份时,她就满意地笑了。过去,她总是隔一会儿就把烟袋锅点燃,双手捧献给炕头的我爸。如今我爸戒烟了,她只好自己吸,也减少了场面上的隆重。我们无论说什么,斯琴都用“哦——”来应答,这是用吸气来完成的表示谦卑的语气,如满洲人的“嗻——”。有时,我们说的话跟她不搭界,斯琴也“哦——”着,笑容是不变的,眼睛在看里外屋各家的孩子的项链和手镯——这是我媳妇在小商品市场买的小工艺品——谁的更值钱。对格日勒的大红大紫,斯琴就这么笑着,宽厚而大度。

有一天,我们吃完晚饭在窗下纳凉。格日勒的女儿萨如拉用裙子的一角遮住脸,唱了一首《云良》,声可裂帛,缭绕入云。墙边的木桌上,一头开膛的肥猪仰面卧着，这是吾侄保刚订婚用的。宝莲单腿跪在猪旁，用碗岔子刮它身上的毛。猪身白得耀眼。这时格日勒把萨如拉的塑料项链给其狗巴达荣贵戴上了。巴达荣贵黄毛高脚，轻佻而胆怯，也有格日勒式的天真，一看即知涉世不深。它有些怕斯琴家的狗，又跃跃欲试。斯琴家的狗是稳重的，不屑巴达荣贵的高脚。就在后者进退飘忽时，斯琴的狗一口咬住巴达荣贵的红项链，然后向一边拖。巴达荣贵立刻麻爪，张着嘴却叫不出来，几乎要被勒死。格日勒跑过去，对准斯琴的狗扇了一记耳光。

“咄！”斯琴大吼，我看到她一脸怒容。只有骂牲畜才用“咄”，她显然对格日勒打她的狗不满意了。见我们在看她，斯琴脸已堆满了笑容，恭顺地垂下头，“哦——”

格日勒从小就没妈。我爸曾经说，“等你大伯死了，更没人拿格日勒当玩意儿了。”大伯今年春天已与家人永诀。他们来信说，朝克巴特尔与斯琴两家互殴，住院并报官了。我媳妇给格日勒的华丽衣裙怕已被胡四台毒辣的回头和绊脚的荆棘晒褪色并撕为条缕了。不知她今年种黄豆了没有。宝莲畏缩着，萨如拉在一进洗小手绢一边尖声歌唱，大伯死了，格日勒站在孤零零的泥屋前面，扭着手指，她那天真的笑容该向谁展露呢？

# 阳光碎片

胡四台的白天和夜晚像两个地方。这么说,早晨、中午、下午都不一样。八月的太阳像卸车一样把热量倾泻在科尔沁沙地,周遭白花花的,人被晒得睁不开眼睛。最热的时候,空气里如有声音:“嗡——”这是阳光照在沙漠上的音波,传自太阳。在白天,胡四台的房子和沙漠颜色相似,燥白,树和庄稼发灰。一切静悄悄的。到了傍晚,村庄开始一点点蠕动。我是说,炊烟和小孩游动时,狗和毛驴在动,房子也走动起来,像从冰块里活过来的鱼。玉米恢复黑肥之绿,饮马的石槽淡青。我哥朝克的房上有瓦,明黄色。鸭子不知从哪里钻出来,竟有一群,蛋囊岌岌乎坠地。人们出现在家门口,全有笑容,世俗生活又回来了。

这是说傍晚。而早晨,胡四台又如另一个地方。空气的潮湿,可称为晶莹。沙漠金黄,我哥的屋瓦润红,这是雇拖拉机从甘旗卡买来的。马向我们致眨眼礼,睫毛俊美。杨树的树干白里透青,挺拔如俊男,真是“宫娥不识中书令,借问谁家美少年”。屋脚丛草沾露,朱雀、绣眼、冠纹柳莺,还有山鹛在羊圈横木和马棚顶上俯仰乱唱。保刚开始洗头。

吾侄保刚对我放在窗台上的一瓶洗发水发生兴趣。在我沐头之前,他不知这个鲜艳的塑料罐里装着什么东西。我倾之浴发,泡沫如棉花,屡搓屡出。保刚赞叹:“这才是最好的东西。”然后,开始仿试,用洋井的凉水一日洗十遍。作为叔叔,我赞许贤侄清洁,但受不了他的歌声。保刚洗头必唱歌,唱歌必唱流行调:明明白白我的心。吾我尔汝,情倾爱哀,一派洋泾浜汉语。

在胡四台,草木山川甚或人的相貌都为蒙古民歌而设,苍凉恒远,像天空飘来的绸子。保刚这个小兔崽子用轻薄歌辱杀了风景。有一天,保刚丢了五元钱,遭嫂子叱骂。我于心中发言:骂得好!骂得好啊!并用指骨叩桌,使吾嫂的詈骂加入板眼。

进夜,我住的东屋成为议事堂。我与朝克坐炕之两厢,中置饭桌杯盏,地上站立女人和孩子。朝克谈经济,如玉米之销售收入;谈教育与文学,如酒后教他孙子吟诵格萨尔王诗篇;谈未来,即保刚的婚事。谈完,“吱儿——”(酒过唇),问:“难道你不说一些什么吗?难道沈阳没有发生什么事情吗?”女人和孩子都用表情拥护朝克的提议。

沈阳每天都在发生非常多的事情,但我说不清楚。沈阳制造的歼八-Ⅱ飞机难道不是事情吗?春天广场时装秀,大街上有一万七千辆出租车飞快行驶,跟他说不清楚。我说:沈阳——蒙古语称之为“穆格顿”——有七百多万人口,我不知道别人在做什么事情。

穆格顿有七百多万人口?他们吸气,向上翻眼,嘴里“丝丝”地惊叹。借此,我吃点菜并喝酒。

“那么,”阿拉它姐姐吃惊地望着我,“你早上一开门,就见到好多人站着?”

好多人站着?那成专家门诊了。我告诉姐姐,在沈阳,出门见到许多人,无论早上、中午或夜间。

丝儿——他们吸气。

“也没问他们在干什么?”朝克问。

“不能问。”

“为什么？”

我回答：“修自行车的就在修自行车，不用问。”

“在马路上走的人呢？”

我说：“也不能问。问你到哪里去？那不行。工作，人们在工作。”

朝克小声对他老婆说：“他把走路叫工作。”

我嫂子更小声说：“喝醉了。”

我假装醉了，眯着眼睛，省得回答这些难题。我所喜欢的，是这么多张面孔和我血缘相通，一同沉浸在奶茶的气味和蒙古语的言说中。

有一天，朝克告诉我，“明天有人来看你，巴丹吉林村的满达老人，套车来。”

“是咱们亲戚？”

“没亲戚。他说想看一看沈阳人。”

我闻此言，何止意外。我不是经典的沈阳人，本生边地，侥机遇之幸于其间谋食，怎么宜人套车观瞻？

满达老人一早就到了。他的毛驴车上铺着红花绿叶图案的棉被，还有旧军用水壶。进屋上炕，敬茶，朝克卷烟双手递给老人。老汉喝一口茶，烟雾从鼻孔漾出，海狮胡子花白。

“沈阳的庄稼怎么样啊？”老汉开口问。

“沈阳郊县的庄稼很好。”

“嗯。”老汉喝茶，问，“沈阳的天气怎样啊？”

“越来越热了。”

“可以种西瓜。”他说。过一会儿，又问，“沈阳还有卖丝线的吗？”

半天，我想起马秋芬写的《老沈阳》提到中街吉顺丝房的事，说，“已经不卖了。”

老汉拉过我的手，捏了捏，放下，说，“沈阳有很多蒙古人吗？”

“有七万人。” 我回答,“大学里也有蒙古孩子，聚会的时候唱蒙古歌。”

“是吗？”老汉似乎感动了。

“是的。”

老汉看我,仿佛从我的面孔中看到遥远的沈阳,而后微笑着扳腿下地,划拉鞋,说,“我走了,到那什罕村的孙女家。”

上驴车时他转回身说:“沈阳好啊!我十八岁去过,过去七十年了。沈阳多好。”白嘴的毛驴,耳朵立而又平,像告别。

我目送老汉的驴车远去。他的言说像诗,像讲给自己听的话,很柔软,让人生出一种难过。谁能知道,科尔沁沙漠深处,有一位八十八岁的蒙古老汉心里在想沈阳。多年前,有他少年履迹或许还有爱情的沈阳。像英国古谣《苏格兰的蓝铃花》唱的:多年以前,多年以前……

# 萨如拉

我无论做什么，身旁总有萨如拉目光的追随。一旦定睛与她对视，她反而不好意思了，撩起破裙子遮脸，只露出眼睛热烈地望你。她的嘴，一定在破裙子里大笑着。

萨如拉是我堂妹格日勒的孩子，只五六岁。

虽然萨如拉学着大人的腔调厉声喝狗，以砖头勇敢地砍别家觅食的猪，敏捷地翻墙摘豆角，但你看她时，还是要羞涩。

她还不知道为自己家里的一贫如洗而难堪，她腿杆上久不洗濯而形成的黑渍，那件颜色褪到无以名之程度的裙子，都没有使她感到不妥。

当我用眼光抓她时，萨如拉先"哦"地尖叫一下，惊慌而幸福，然后两脚蹬地、弯腰架臂，准备跑。

有一次，我对着架上的豆角秧假装自语说："萨如拉老是跑，肉都是竖丝，蘸酱油肯定好吃。"

我的声音不大，但已被蹲在外屋洗小手绢的萨如拉听到了，警惕地直腰观察左右，然后偷着把酱油瓶藏起来了。

她也许真的认为我将把她摁到锅里，填满水，煮了吃肉。

在胡四台村，我由于是城里人而被亲友们认为是有钱人，他们谦卑地谈吐，唯恐说错什么话，这使我难过，感到对不起他们。

孩子却不是这样，他们照样得意洋洋。你给他糖么？给吧。孩子们在品咂糖果的甜蜜时，其专注如一位教士读《圣经》，心里只有快活，而不是别人的恩典。孩子们聪明，知道世间之乐乃与生俱来，何须谦卑？

萨如拉爱洗小手绢，这一点已引起众人的议论。她一有空就用肥皂洗那个带小鸭子图案的手绢，扯在手上飞跑一圈，已干了，然后塞到鼻子下面，嗅阳光与肥皂的气味。

她一洗手绢，就要唱歌。其嗓子之嘹亮为整个家族所首肯。在我们的八度之上，她仍能唱两个八度，从容婉转，像鸟儿在云层里翻飞：

弥漫着白雾的鄂托克西边，
牵连着我心中的愿望，
真想和他见上一面啊……

这是一天午睡时，萨如拉在窗下所唱。我静静地听，间或还有清水撩拨的声音，她又洗手绢了。

我坐起来往外看，见到她母亲格日勒对着我笑，大手大脚的，衣服后背让汗打透了。我们来到之后，亲友们轮流杀羊请客。我这个堂妹也随着大拨人马，找个不引人注意的地方，拣一块骨头啃着吃。她没有羊，请不起我们，惭愧着，仿佛对不起我媳妇送她的鲜艳裙子。

但是，当她发现我注意并赞赏小萨如拉的所作所为时，就非常高兴，如同送给我的独一无二的礼物。

萨如拉的确是独一无二的，如果条件允许，我很想把她送到北京的朋友赵世民身边，让他给请一位像沈湘那样的老师教歌唱，也许会培养出一位玛丽亚·卡拉斯或迪丽拜尔。

# 狗的时间观念

常听到狗的故事。如某人远走某地,把狗送人寄养。过了不久——《史记》将此写为“居无何”或“居无几何”——狗在某个早晨出现在前主人面前,像一个周游世界的乞丐一样眼泪汪汪,如谓:这就是你干的好事。主人原以为吾犬不可见兮,见此,唯有痛哭。居无何,狗死掉了,累的。长时间的奔跑,不舍昼夜。没有教练,没有科学的运动量,没有营养师配餐。狗跑死了。闻此,吾每每太息:不能养狗。在品德上我们不及狗,养反生累。虽然里根尝言,若想在华盛顿找一个朋友,就只好养一只狗。华盛顿的政客、律师太多,何以解忧——狗。

狗的奇不只忠诚,还在听话。听话者,闻其言观其行,进入人类的话语系统。我对此理解尚浅,狗怎么会听懂人话呢?倘如此,说明它掌握相当大的单词量,粗通语法。歌星最爱说一句话:“观众朋友们,你们好吗?”这话牵涉指代,“观众朋友”与“你们”是一回事,“们”乃复数,“好”与“吗”指出状态和疑问。狗众朋友们,你们懂吗?我的无数养狗的朋友以不容怀疑的事实举证——比这复杂的话狗也懂。

那么,这个事先放下,算懂。而在东村,吾堂兄朝克的狗懂的是蒙古语,更显好笑。狗懂汉语已经很难,怎么会懂蒙古语呢?对狗来说,蒙古语与汉语孰为难懂由专家研究,我说的是,当格日勒远逸之后,狗也离开了东村。

我在朝克家见过格日勒那只狗,名巴达荣贵。当朝克痛斥格日勒的丈夫不治生产时,与淮阴的漂丝妇女骂韩信口气差不多:“大丈夫不能自食。”狗在炕沿下面聆听摇尾,而后抬头看格日勒的丈夫宝莲。

格日勒家里最干净的东西是锅,不怎么做饭。我爸莅临格府,先掀锅盖,见而痛心,“看看!看看这锅!”格日勒、其夫、其狗都低下了头。我爸接着找粮食。如果有粮食而锅太干净,证明其侄女懒。然而没找到粮食,吾父叹气,背手离去。巴达荣贵欢快地追随我爸,围前围后,极尽跳跃。它发现,在那些日子里,我爸到了哪里,哪里的锅就开始忙,香味绵延飘散。

过了不久,即居无几何,吾妹格日勒被牵涉到一桩愚蠢的讼事之中。他们借了别人两千元的高利贷,房子、马、几只羊和锅,特别是地,转移到债权人手中,反欠人家三千元钱。他们到苏木(镇)上请干部主持公道。说:我们借了这个人两千元钱,还不上,抵了财产,为什么反欠他三千元呢?干部把大茶缸子往玻璃砖的桌子上一墩,说:“懂不懂法?”

格日勒一怔,其夫躲到她身后,巴达荣贵“嗖”地跑了出去。

我听我妈介绍到此,不禁赞叹。只一句“懂不懂法?”就把什么房子地、谁欠谁钱都挡回去了,既不打,又不骂,还跟政策沾边儿,显示了语言的威力。愚夫愚妇怎么敢回复懂或不懂法?退一万步,姑且说“懂”,干部再问:“懂什么法?”还得败下阵来。谁能尽知世上都有什么法。在东村那个地方,司法助理、法庭庭长、派出所长都由一人担任,即墩茶缸子的干部。身兼数职是为着节省开支、减轻牧民负担。他还兼有其他官员的妹夫、外甥和舅爷这些社会职务。

巴达荣贵被“懂不懂法”吓跑了,宝莲在哆嗦。格日勒由于脑瓜不开窍,还嘴:“反正我不欠他三千元钱。”她意思是房子地都没了,钱应该抹掉。

助理·庭长·所长·COM 又问："懂不懂利息？"

格日勒败下阵来，她真不懂什么叫"利息"。朝克解释，钱和别的东西不一样，它要下崽，崽就是利息。格日勒认为朝克的解释很下流，无端地把钱与生殖联在一起。

她反问："你们家的钱在箱子里下崽吗？胞衣埋在了房后吗？"

朝克称："钱在自己家里下不了崽，借给了别人，一定会下崽。银行就是钱下崽的好地方。"

"别列！"格日勒说。这句话不好翻译，约有"妖障"的意思，骂人话。

在法和利息的威慑下，格日勒一家决定逃走。他们走了，谁也不知道去了哪里。朝克知道格日勒要跑，但没问具体地点，当然也没有送行，免得自己喝醉之后说出去。

过了半年，消息隐约传过来，说格日勒在锡盟。

下面说狗，即巴达荣贵所为。格日勒走后，巴达荣贵一度在村里游逛，也去朝克、阿拉它（格的二姐）和利宝（阿的长子）家里串门。居无何，这狗没了。不知什么时候，有人提起这个话题：巴达荣贵呢？

"吃肉了。"朝克认为这事太简单，有好事者将此丧家之犬宰了下酒，无它。一只无人庇佑之狗，又不治生产，问它做甚。

事实上，巴达荣贵奔赴锡林郭勒大草原，去找格日勒。但事情如此平凡，就不值得写下来。巴达荣贵到了锡盟之后，并没有去格日勒所在的东乌珠穆旗，而是去了距东乌珠穆旗三百里外的西乌珠穆旗的某人家里。有狗自远方来，这家人收之，和羊群同出同入。

隔了两年，即七百三十个日夜之后，格日勒和宝莲离婚。这消息是听我妈说的，我问，"后来呢？"

"后来，格日勒又找了一个人，建筑队的。"

"是蒙古人吗？"问。

“是。”我妈回答。过了一会儿，她突然说，“哎，可别说了。你猜猜，格日勒在新婆家见到谁了？”

“谁？”

“嗨嗨，可别说了。狗，东村的巴达荣贵，跑他们家去了。”

“格日勒的狗跑到后结婚那个男的家去了？”

“对！”我妈拍腿，“格日勒还没离婚呢，狗先上他们家了。”

“这么巧？”

“什么巧？”我妈说，“这个狗见过那个男的，格日勒早就跟他有来往。”

我不禁惘然，“狗早就知道格日勒会离婚？”

“谁知道！”我妈感叹，她对离婚的事历来感叹，“格日勒算乱套了！”

格日勒的生活，早就“乱套了”，经济、政治无不如此。然而其狗巴达荣贵仿佛已经预知这一切，暗中等待甚至及早介入。如果狗真的这么聪明的话，人更不敢养它们了。譬如一个沈阳人想上广州读EMBA(高级工商管理硕士)，而狗早在南国的校门口蹲着，太那个了。再如，某官喜敛财，后收监青海劳改，那么在青海的一个农场的田埂上，官的犬正向他张望，更那个了。

狗犹如此，人何以堪。

# 歌唱

每天晚饭后,二堂姐阿拉它要来为我爸请安,领着孙子阿拉木斯和孙女海棠花。阿拉木斯的分头带着水渍的木梳印。她家到这里没有一袋烟的工夫。至近,阿拉它把双手放在膝盖上,屈膝,用文言的蒙古语请安。礼毕,几个女人上前跟她打闹,因为今天阿拉它穿得醒目。二堂姐快五十岁了,在科尔沁草原的沙暴毒日下,仍然白皙妩媚。我爸当兵时,接她到呼和浩特住过一年。用自行车带她吃冰棍、看电影。那时,阿拉它姐姐三岁,在我大伯的一堆孩子中,我爸最疼她。

"由夷迈?"阿拉它手扯衣襟反诘女人们的哄笑。这句蒙古语的意思是"啥呀?这算什么?"口气在委屈里带些得意。她穿一件绣胸花的绿衫,有在箱子底压出的井字折痕,那种绿浅得像小虫翅膀的颜色。

朝克巴特尔望着二姐像傻子一样笑,昨天他把她老公满特嘎灌醉了。"鼻涕流这么长,"早上,朝克巴特尔学的时候,手在腰上比划。满特嘎每天放羊要走一百来里路,这从他的帆布裤子和破黄胶鞋上能看出来,而他黑檀木雕像似的脸上泛发柔和的光彩。

阿拉它很气恼,但我爸在场,就假装看不见朝克幸灾乐祸的笑脸。

"叔叔,我给你唱个歌吧?"阿拉它说。

"好,好。"我爸欣然领受。过去,每当我爸回到故乡,阿拉它站在地下,目不转睛地看着他，仿佛追忆叔叔当军官时朝站岗小兵还礼的丰仪。一会儿，她卷一枝烟点燃，用双手捧上，一会儿斟一盅酒举过头顶。她等着叔叔满意地说出那句话："米尼阿拉它！"这是称呼孩子的昵语，意为"我的阿拉它！"然而我爸已经戒去烟酒，他像国宾领受鲜花那样，把烟酒接过来分送左右。这时，阿拉它的眼里便有些黯然。我爸垂垂老矣。多数时候，他把忧虑的目光投向我大伯——他的瘫痪而更老的、于醉乡陶然的哥哥。阿拉它请我们全家吃过了全羊宴，新鲜的奶酪拌炒米。她还有许多的感情找不到载体。

"敖刀，刀勒讷。"阿拉它说，意谓"这就要唱了"。

"榆树啊柏树，假如真的烂了根啊……"

这是东蒙民歌《达那巴拉》。阿拉它唱歌的时候，像突然变成了另外一个人。腰身挺直，表情如认真的儿童。她大睁着眼睛在寻找，旋律上置放的许多东西。最奇怪的是，她双手并拢，在胸前端着。好像指缝里漏出的哪怕是一点点东西，都不能使她继续歌唱。我爸面露得意之色，上身微晃。我大伯颓乎墙角，嘴里嘟囔着。小孩子用手扑捉纱窗上跃跃的小虫。

当歌声唱起的时候，蒙古人会齐齐换上另一种表情，堂皇而尊贵，在心里跟着唱，脸上的表情必与歌的意境十分洽合。

"剪子翅的鹦哥鸟啊，要到哪里去唱歌……"阿拉它唱。然后是《云良》、《达古拉》、《金珠尔玛》。后来，众人肃穆，如同想起了那些说不清的事情。对他们来说，这些歌自小就和屋后长着芦苇的湖水、和马儿从披纷鬃毛露出的眼睛、和饮茶的木碗、和骨节凸出的手联系在一起，因此唱歌时应该换上干净的衣裳。歌声和我高髻的曾祖母努恩吉雅、我爷爷彭热苏瓦、我大娘牡丹的面孔联系在一起。他们的坟就在路南玉米地前面的沙丘上。

歌止，阿拉它双手松开了，不安地看大家。她的笑容仍像三岁时那样羞涩惊慌，像躲在大人胳膊后面的笑，忘记了身后的阿拉木斯和海棠花。而我爸的鼻侧，一点点地闪着泪光。

# 听到了血流的声音

我堂兄朝克巴特尔生长在牧区,我四五岁的时候去过他家——哲里木盟胡四台村,这也是我父亲的故乡。之后十年,朝克巴特尔像学者回访那样到我家赤峰市参观学习。我爸交给我一项任务,领他上街。

我领他走进一座楼房,入电梯。电梯门从两面合上,吓他一跳。我伸出三个指头,然后按"3","3"红了,梯微颤,门开,我带他出去。我说这是三楼,朝克不信,他刚还在楼下仰视巍峨的楼顶。我领他从步行梯下到一楼,说明我们刚才坐电梯的经历,他还不信。我再次拉他进电梯,到三楼并从窗口往下看,马路上的人渺小地行走,朝克大惊失色。于是对电梯极为崇拜,认为这个狭窄的金属房子是神的房子,说什么也不敢坐它下楼。我对他进行启蒙:电梯即电房子把人垂直拉到各楼,由电控制。朝克生气地反驳我:电在电灯里面,不可能控制一个房子。

今年春节,朝克巴特尔扛一只冻得邦邦硬的羊来到我们家。他头发全白了,对我说,他已经领悟到电或电池让人在收音机里唱歌、在电视机里跳舞,但不足以让房子腾升,那是另外的神秘力量。电,不过是冒火星的、小巧的、在胶皮线里乱窜的小玩意儿。

我和朝克巴特尔均为独生子。许多年前,当大伯告诉朝克我是他弟弟时,他在我身上也发现一些乐趣。

那年，即我四五岁到胡四台，被一只羊羔吓哭了，以为是狗。朝克和堂姐们哈哈大笑，讲解羊和狗的区别。我不信，以为他们骗我。见过狗，我以为是狼，越发大哭。朝克越发大笑，用脚踢“狼”。

在胡四台村，朝克巴特尔飞身跃上无鞍烈马，奔驰至远，让我视为天人。朝克一家和当时的全国农民一样穷，他的衬衫下摆和袖子都褴褛掉了，仅遮肩背。这件衣裳在我看来很神奇，在马背上飞扬如帜。他穿这件衣服在苇草里发现野鸭蛋，找到酸甜可口的蓝莓。朝克和我走在沙丘下面，他停下倾听，快跑几步，用手接住一只从上面滚下来的刺猬。在茫茫的沙漠上，朝克聪明健壮。他看我的笑容半是嘲笑半是爱。一个城里人在乡下的土地上不怎么会走路、不怎么会吃饭喝水，给他们带来欢乐。就像朝克在城里给我们带来欢乐——他用颤抖的手慢慢摸电梯门，“嗖”地缩回来。

我第一次到胡四台，在堂兄家吃到野鸡肉——肉丝雪白。我一人吃掉两块胸脯，余下的肉被我姐塔娜吃光。朝克和众多的堂姐站着看，带笑容。大伯招待我们的佳肴还有一小碟葡萄干、一小碟红糖。许多年后才知，野鸡和那么少的葡萄干、红糖是他们从供销社赊来的——秋天用五十公斤玉米偿还。事实上，大伯两年之后才还上这笔债务，因为当年的玉米扣除口粮后不足五十公斤。平日，他们果腹之物是轧得半碎、炒过的玉米。如果玉米碾成面，就不够吃了。他们从未吃过野鸡肉和葡萄干，连玉米面都未曾饱餐。在山上捉到或挖到的山禽与草药，送到供销社抵债，偿还赊欠的红茶、盐和煤油。因此，回想当年他们那么沉静地观看我吃野鸡肉仍带有笑容，实在让人感叹。

那个年代，他们家没钱。他们有幸一睹钞票是每月乡邮员驰马而至喊大伯名字并将其右手食指摁向鲜红印泥再拔出来摁在一张纸上，而后交给他们十五元钱。这是我爸从1950年挣工资以后每月寄来的钱。这些钱隆重地积攒着，后来流入医院收款处。伴随穷人一生之物，除去饥饿，另一样就是疾病。

血缘是这样一种东西，超越城乡差距和所谓知识，在独有的河流里交汇，彼此听得见血流的声音。大伯去世后，我爸悲痛不已，痛哭、独语，几个月缓不过来，我们并不劝他安静。劝人节哀实为文化的虚伪中最虚伪的一种。人生连一场痛哭都不曾享用，灵魂何以自如呼吸？我爸经历过战争，在“文革”中被打为重残。自我曾祖母去世后，他从没流过泪。他七十多岁了，从自己房间踉跄而出，看着我们，说：“你大爷死了。”尔后泪水蒙住他的眼睛，像胶在结膜上哆嗦，化为眼泪大滴落下。他本来想说许多话，但说出这一句就说不下去了，喉颈吞咽。因说不出话而全身颤抖，只站着，盯着我们，样子很吓人。我们报以沉默。少顷，他失望地走了，回自己房间。过一会儿，我爸还会走出来，告诉我们：“你大爷死了……”充沛的泪水滚滚而下。

父亲的正直，我早有感受。而他在失兄之痛中的纯真情感让我惊讶。那几个月，他回忆了大伯的一生，并用泪水送走这些回忆。

朝克巴特尔今年和我见面，我用笨拙的蒙古语和他对话并给他买一些东西，我爸很欣慰。在他的房间里，我爸拿出去年在现代文学馆开会的照片，拿出记有他事迹的内蒙古骑兵典藏纪念册，还有登他传略的《蒙古人物志》向朝克巴特尔述说。我堂兄听得很吃力，我爸讲得很从容。我感觉，我爸其实是说给一个老牧民——即大伯听……

# 自来水

堂兄朝克到我家来，对我的书房、音响和跑步机都没发表什么意见，微笑着。他眯起眼睛，对着音箱的网罩向里面看，什么也没看到。里面是纸盆和木头，他摇摇头。朝克对我家最为赞许、由此对我产生敬意的事物，你猜是什么？我真舍不得说出来，是——自来水。

他在我家吃喝几天，突然问：你家的水从哪里弄到的？我说自来水，他疑惑，说井在哪儿。

我哈哈笑了，这是楼房，哪有井。领他到厨房，打开水龙头，哗——朝克后退了一步，自语"跟公社的一样"。我说跟哪儿的都一样。他摇摇头，不，跟公社的一样。我说对，跟公社的一样。

没事时，朝克背手观赏水龙头，掏出手绢擦镀铬闪亮的水龙头，轻轻地、一点点拧开。水由涓细到奔放。朝克沾点水，用手指捻捻，放鼻下闻闻，伸舌头舔舔。朝克太崇拜这个水龙头了，低头从它的眼儿往里看。可惜龙头是个弯，使他看不到水的真相，更看不到自来水公司工作的情形。

朝克笑眯眯地对我说，你真是有福气的人，有这个好东西。他指水龙头。你一打开就有水，对吧？我说对。朝克拍我肩头，你真是有福气的人。是的，有这种福气的人在沈阳还有七百多万人呢。但我没说，怕他不相信。朝克宁愿相信自来水是我写作有成绩，国家对我独有的赏赐。

那么——又过了几天，他问我——水是从哪儿来的呢？这问题过了好几天才问，太沉着了。我简单地说，水库、自来水公司、管网、加压站。他摇摇头，说，你这个水龙头接在墙上。他拍拍墙，墙里面有水吗？白说了。我说墙里边有一根铁管，一直接到北京，水是从北京颐和园流过来的。他脸上皱纹次第打开，笑了，说，你说的是对的。

对比朝克，我真有点身在福中不知福了，整天想这个想那个，没想到家里有一个自来水，想要多少水就有多少水，这是多么大的恩典，跟公社的一样。我应该再写一首诗贴在水龙头边上，向它致谢。

想来想去，"自来水"这个称谓起得好。自来水，多有诗意。除了天上降雨，水何尝自来？水，这么宝贵的东西，这么容易漏洒，捧都捧不起来的东西竟藏在我家貌不惊人的水龙头里，我也开始崇拜自己并向发明"自来水"这个词的那个人遥致敬意。这个名字比铁道部（应为铁轨部）、火车（应为电车）、汽车（应为油车）的名字起得都要好，跟可口可乐的译名一样好。我把自来水翻译为蒙古语的"自己跑来的水"，朝克深为赞同。他家干旱，一般说，打十眼井也没一眼出水。出水的井打井费五千元，不出水的交两千元工钱。

# 送行的队伍

今年仲夏,我父母领着我姐姐塔娜及其子阿如汗和阿斯汗、我女儿鲍尔金娜,探亲结束离开了科尔沁左翼后旗朝鲁吐公社胡四台大队——这是我的家乡。

出门,我的堂姐堂兄以及姐夫嫂子和不计其数的孩子全都穿上新衣服,送行。愚昧的蒙古牧人和西方的绅士一样,穿最好的衣服为客人送行,绝不敷衍。这里面暗含一种隐喻,如节日的隐喻。离开亲人原本就像节日一样值得隆重。

我两个堂姐把辫子梳得光溜溜的,结实地盘在头顶,戴在帽子里,这是结婚的蒙古女人的发式。她们身上的新衣服每粒扣子都系好,衣上挂着在箱子底叠压的折褶。我的侄子们相貌英武,鼻梁直挺,眼里含着宛如悲悯的神情。他们呼呼啦啦走在我父亲的身后。

我大伯是瘫子,手把着窗框流泪。

雨后的草地现出沉绿,仿佛压抑着某种忧伤。铅云从天边列起,深者如蓝,浅者似灰。漫布在草地上的几百个水泡子盈不过数米,闪着亮光。有孤独的马低头吃草,以尾悠闲地撵扫虻虫。

我大伯家门口的路上,就这样走过来一列送行的队伍。孩子们的衣服五颜六色,招人眼目。这的确如办一件盛事。

邻居们站在门口，远远地望着。他们每个人都知道这是做什么，谁来了以及谁走了。在《圣经》中常常出现“荣耀”这个词，在那里，“荣耀”是归于主的。在俗世中，被一大群穿新衣服的人簇拥送行，应该说是一种荣耀。

当然，官员们倘肯深入牧区腹地，送行的人也许更多，但谁肯为你穿新衣裳呢？所有的人怎么可能同时想一个问题——你明年会不会再来并为此悲伤呢？他们悲伤着，并压抑着悲伤。当我父亲的目光转向每个人的脸上时，每张脸都带着谦卑的笑意。

在送行的队伍中，不止有孩子，还有黄狗、小羊羔和永远垂着头的老马。它们也许不知道这是在干什么，但不妨这么走着。

走啊走啊，他们走了两里多地，来到乘拖拉机去旗里的站点。拖拉机来了，我的四五十岁的已经有了孙子的堂姐们扑上去，紧紧搂着我父亲大放悲声。这一点，蒙古人与汉人的确不同。我的堂兄和侄子们远远僵立着，像木头一样，眼里含着泪水。他们拒绝哭出声来，不断擤着鼻涕，往裤子上蹭。

我父亲似乎觉得不应该流泪，他扬着脸，弹着眉毛，不断眨眼睛，让眼泪顺原路流回去。

拖拉机开了，也就告别了如此众多的送行的人、羊羔及狗。车开出很远，他们还在站着，仿佛等待什么人的指令。在雨后苍茫深绿的草原上，他们的穿戴鲜艳夺目。

# 我爸

## 一

今年春节,我爸于一和暖之日背手在街上溜达,穿戴讲究。

蒙古人在城里溜达,打老远一看就是蒙古人,虽然我爸进城六十年了。他们喜欢背手,眯眼,目接天际——这是在草原养成的习惯。

这时,他见街上躺一个老汉,身压自行车。我爸上前扶他,他不干,说:“我等那个人扶我。”

“哪个?”我爸问。

“撞我的人。”

我爸前后左右看半天,没人。说:“哪有人?起来吧。”

这老汉躺着问我爸:“你多大岁数?”

“八十。”

他“刷拉”爬起来,自己拍身上的土,“我才六十,哪能让你扶?”骑车走了。

我爸回家感叹:“现在的人,学雷锋还得报岁数。嗨!”

## 二

我爸赴台湾出席“原住民文学研讨会”。见排湾人作家孙大川,两人结为友好。一回,他拿出照片,“这是我和孙大川的合影。”

我们瞧,一人(孙大川)目光炯然,环抱一老头儿,老头儿只露后背。

“哈哈,”我媳妇大笑,“爸,这算什么合影,你在哪儿呢?”

“这儿。”我爸指照片人的后背。

“哈哈,爸,合影得露脸儿,光看后脑勺知道是谁?”我媳妇指“后背”说,“说他是谁都行。”

我爸拿照片端详半天,默然而退。过一会儿,他指“后背”问我们:“这是谁?”

“哈哈,你不说是你吗?”

我爸眨眼回想:“孙大川那天跟好多人合过影,怎么证明这是我呢?”

我妈以证据学角度判断出“后背”的衣服是我爸之“七匹狼”牌衬衫,并翻出这件衬衫佐证,不然我爸打算把照片扔了。

## 三

我有一件单位发的警用棉衣,在制服里穿的,送给我爸。

他穿上防雨绸面的警用棉衣,在街上溜达。到市公安局附近,见该局×局长。×平日爱跟我爸开玩笑。

他问我爸:“你在哪儿弄的棉袄?”

我爸答:“这是国家给警察他爹发的。”

身为警察的×局长满头白发,干吧嗒嘴,半天没想出合适的词对应。

## 四

我爸说:“我现在有点儿自卑。”

我听了非常吃惊,他从来不自卑。特别是《蒙古写意》这本书把他的传记和嘎达梅林、民国初年在奉天开东蒙书局的克兴额这些人物写到一块儿后，他精神状态极好，比矍铄还多出一些昂扬。

“不会吧？”

我爸以手捋头发——他满头黑亮的浓发，无一根银丝——说：“老年人，特别做文化工作，头发还是白一点儿、掉一点儿受人尊敬。”

## 五

我爸认为我妈（干部速成学校毕业）文化不行。

我妈上百货大楼买东西，回来很生气，说：“现在的社会风气不好，连牙膏都出两面派了。”

我爸听完不言声，用脚划拉鞋，穿风衣戴礼帽，下楼。过一会儿，他上楼说：“你妈这个文化，嗨嗨……”边说边摇头，近于痛心。他手托一管牙膏，指着：“你好好看看！”

牙膏大字：“两面针”。

我爸摘礼帽，脱风衣，上床躺下，说：“文化是基础，干什么都离不开文化呀！”

其实我妈至少认识这个“针”字，她马虎。一回，我和朋友在家喝酒，刚要开瓶，我妈说：“别喝这个，我有好酒。”

她搬凳子从壁橱上层掏出一个礼品包装，说：“西马酒。”

我爸指出：“西凤酒！”

繁体的“凤”字，里边的“鸟”有许多脚，像繁体的马。

“马字披上大氅也不能念马呀？工农干部！”我爸说我妈。

后来，我爸为我妈发明一个新的称谓——高老师，我妈叫高娃。他认为，像他这样的老专家管“工农干部”叫老师，无异讽刺乎？我妈跟听不出来一样，在“高老师”的呼唤声中为我爸端茶倒水、拿点心、找花镜。现在每早到他床头送上六粒螺旋藻片。

## 六

我爸担任主编的历代蒙古族文学丛书四套十二卷在人民大会堂召开首发式,媒体前去报道。有位记者说了一句话,让我爸久久不能平静。

他是国际广播电台记者,说:"那老师,我们回去发消息,用四十多种语言向全世界广播。"

我爸自京返家,重点向我妈报告这件事:"四十多种语言……"

当晚九点,国际电台即将开播消息。在阳台上,我爸仰望浩瀚的星空(之前他把此事通知了许多人)。他揣摩"四十多种"语言正同时发出不同的声音,说这套书把从成吉思汗时代到改革开放以来的蒙古族文学作品首次译成汉文出版,多地域、多体裁、多年代,在中国少数民族当中属首例。消息在全世界传播,无以数计的人正侧耳倾听。虽然电波不为人眼所能捕捉,但确实在夜空中飞翔,让我爸久久仰望。

我爸被我妈叫回屋里之后,问我:"世界上究竟有多少种语言?"

我答:"几千种。"

"怎么会有这么多种语言? 不会吧?"

"光非洲各部族就有上千种。"

我爸说:"嗨! 四十种……我睡觉了。"

## 七

我给父母买来复合维生素药片,每人五盒。

一年后,我爸的药放在原处,连药盒都没开,我问我妈怎么回事。

"你爸不吃,说你要害他。"

害他? 原来他读说明书,看到了药片的成分组成,说:"我没大粗脖子,吃什么碘?钒,钒是什么?旧社会红矾白矾都是毒死人的东西。磷、钾,这不是化肥吗?还有叶酸泛酸,吃了难道不烧心?你看,维生素 A,每片含四千国际单位。四千？也太多了。"

我听罢极为光火，倾力讲解微量元素和矿物质对人体的好处，以及国际单位。我爸改变态度，立刻开瓶吃了一片。我又好笑又生气，问："如果有毒，我妈吃一年多，你怎么不怕她被毒死？"

他说："你妈迷信你说的话，就算毒药，吃进去也没事儿。"

## 八

我爸对蒙古民歌的热爱无以复加。他盘腿坐床上自己小声唱、跟电视的蒙古语文艺节目一起唱。不过瘾，邀请别人唱。

一次，某女士到家拜访我。我爸从她相貌猜是蒙古人，用蒙古语问："会唱蒙古歌吗？"

该女士本来羞涩，更羞涩了，小声答："会。"

"一块儿唱吧。"我爸兴高采烈，像打扑克找到了搭档。

女士大衣裹身，手套还没摘，站着开始唱。我爸坐床上唱，上身微晃，音色因支气管粘连而略带嘶哑。他和她合唱，虽然不知来客何人。

他们唱完《达古拉》，唱《诺恩吉亚》、《达那巴拉》、《金珠尔玛》、唱《万丽花》和《隋玲》，多了。一曲唱完，我爸马上接另一曲，唱了一个小时。

一般人没有进别人家就唱歌的，但蒙古人不能拂逆长辈意愿，她只好唱。渐渐地，她的拘谨羞涩唱没了，面上红润沁汗，眼神明亮。我爸唱够了，说："你们说话吧。"

女士说："我回去了，单位要开会。"

## 九

我爸说自己的家乡好，脸上无限向往，说家乡胡四台村的白云呀、野鸭呀、湖水呀等等。他总回去，此说是劝我们一起去。

我们和他到了胡四台，满眼白花花的沙漠，哪有湖泊、野鸭和野鸭蛋？白云当然有很多。

我爸说，原来有的。

他说，尽管现在没了，家乡还是很美。他常用“没比的、太美了、哎呀呀”这三个词形容家乡。

我们没发现美并追问美在哪里，使他恼怒，骂我们是“无情无义的王八羔子”。

## 十

我爸名讳“那顺德力格尔”，直译为“岁月（如鲜花一般）盛开”，即“长岁”或“寿星”。别人称他“那顺”、“那老师”。

那老师从建国前之“三整三查”始，自“文革”终，无时不处于政治的危悬之中，“文革”曾被吊打十五天十五夜。岁月虽比不上花朵，但终究“盛开”到今日，殊不易。

一天，他自语：“问题出在名字上，那顺？哪里顺过？以后我改名，叫‘那不顺’。”

## 十一

我们小时候，我爸去天津治肺病。治完病回赤峰，他自火车站乘一辆俄式马车回家。四匹健壮的三河马拉着绿棚高轮的马车“嘚嘚”穿过我们住的盟公署家属院，孩子们追着马车跑。我爸穿白府绸短袖褂子，戴巴拿马遮阳帽高坐后厢，左瞻右顾。车停家门口，他双手拎花花绿绿的点心匣子下车。木头栅栏外围满观看的邻居，我妈因此忸怩。

我觉得对我爸来说，上天津只算微渺的铺垫，而在家属院的巡礼才是高潮。

## 十二

我们小时候，常见我爸在写字台前写字，翻译《松树的风格》等作品。以时间计算，他凝思多于写字。我爸眼睛大，圆睁如豹睛，鼻梁挺直略带点儿鹰钩，端视对面的墙壁不眨眼。

这时，我姐喜欢给他梳小辫子，在他大背头上扎六七根小辫儿，散开再扎。我爸浑然不觉，凝思凝视，少顷写几个字。

一次，我爸托颊午眠，我姐塔娜在他头发上梳一个朝天锥，系红头绳，如双簧"一碟子腌白菜"那种。塔娜后来不知干什么，把这事儿忘了。

我爸醒来，穿湖青色毛料西服(他好穿)上班去了，没戴礼帽。

过一会儿，他气冲冲回家，咬牙攥拳，吼："你们到底想干什么？"再跺脚。原来，他扎朝天锥走在街上，路遇外人窃笑、大笑却不觉与己有什么关系。之后，一熟人向我爸指出朝天锥发式之所在。我爸愤然捋去头绳却没去上班。他回家训我们一顿后，沿此路重新走一遍上班。

## 十三

我爸当兵参加过辽沈战役，受一次枪伤。一颗国民党子弹贴着他脚底板穿过，感觉像被火钩子烫了一下。当时他在战马上，子弹轨迹与他抬脚的角度刚刚好。"多偶然。"他说。

## 十四

我爸的文化是在部队熏陶出来的。战争中，每到一个村子，别人喂马、做饭，指导员让我爸到老百姓家刮锅底灰，在山墙刷出黑地，写粉笔的标语——"在毛泽东的旗帜下前进"等。有时，刚写两个字，战斗又打响，剩下的字等以后再说。如果时间宽裕，我爸就在黑板上写满字，有抒情。不会写的字请教指导员。指导员是东北军大派来的干部，文化高，名叫巴雅尔。我爸当时十七岁，是四野骑兵二师的士兵兼文化教员。

## 十五

我爸自小在胡四台村已成达人，大眼睛滴溜溜转，偷瓜，七岁开始抽烟，站在墙上与人滔滔不绝对骂。他降生即母殁，父亲彭申苏瓦从军在外，由祖母努恩吉雅养大。

# 我妈

我妈今年七十二岁，除了皱纹、白发之外，看不到衰老。她早晨跑步，穿专业田径训练鞋。我外甥阿斯汗恶搞，把钟点回拨两小时，她三点钟起床跑，回到家四点半。我爸问："你昨天晚上干啥去啦？"以为她夜不归宿。

跑完步，她上香礼佛，熬奶茶，擦地，把煮过的羊肉再煮一下。我爸醒来，她给他沏红茶、冲燕麦炒面，回答我爸玄妙的提问：

"谢大脚到底是不是赵本山的小姨子？"

"海拉尔叔叔得的是什么病？"

"立春没有？"

阿斯汗醒来，提出更多的问题，关于洗澡、书包、鞋带儿等等。我妈应对这一切，用官员的话叫"从容应对"。自兹时起，到夜深关闭电视机，她为每一个人服务，从中总结规律，逐步完美。而她本人神采奕奕，像战场上的女兵一样谛听召唤。

但人老了，动作有些慢，手指也笨，她以勤补拙。我女儿鲍尔金娜有一条海盗式带亮钉的腰带，断折扔掉。按说扔应扔在垃圾桶里，她扔在窗台上。第二天，被奶奶用鹿皮缝好。

"哟！"女儿打量针脚，说，"奶奶，你应该考北京服装学院。"此院是鲍尔金娜就读之地。

就这样，我妈做完计划内的杂役，再寻觅计划外的事务完成之。当我媳妇把带观世音菩萨坠的金项链如勋章般给她戴上，作本命年礼物时，我妈欢喜不安。受人一粥一饭她且不安，况金银乎？

我妈像蚂蚁一样辛苦七十多年而没养成蚁王的习性，还在忙。别人坐看电视的时候，她站着；别人吃饭，她还站着。唤她坐是坐不下来的，人站着总能帮上别人一点忙。好像没人管自己的母亲叫蚂蚁，一般都讴歌为大山呀、江河呀什么的。我妈如蚁，没时间抬头看天，只在忙。

正月初六，我们从内蒙返回沈阳，走之前自语到车站买瓶水。这时我妈不见踪影，同时我姐夫的鞋也不见了。

"姥姥把你鞋穿走了。"阿斯汗对他爸说。

"不可能。你爸一米八，姥姥能穿他鞋吗？"我媳妇对阿斯汗说。

我姐夫打开门，听，"你姥姥上来了。"

我妈穿一双大皮鞋上楼，手捧矿泉水。她怕我们买，连忙下楼了。为儿女的小事儿，我妈迅捷连鞋都来不及换。如果我妈是一只鸟，一定从窗户飞出飞入无数次，把所有好东西拿回来给自己的儿女，不管飞多远。

春节前，牧区的哥哥朝克巴特尔、姐姐阿拉它塔娜和妹妹哈萨塔娜每人肩上扛着羊，给我妈过本命年。他们请婶子上坐，献上礼物(不是羊，是缎子被面、红糖、毛衣和钞票)，跪拜。阿拉它塔娜双手抚胸，唱一曲古老的民歌，其他人额头触地。

如果大雁还在的话，
小雁才感到幸福；
如果父母还在的话，
儿女才感到幸福……

这首歌很长,回环往复。跪地行礼的人都五十多岁了,满面风霜。我妈扭过脸,泪水难禁。他们是我大伯的儿女,每个人自小都得到过婶子的抚育。我妈像一只在林中结网的蜘蛛,把四面八方的亲戚串联到一起,共同吸吮网上的露水。

我妈对我说:“其实我最喜欢的事儿是看小说,就是没时间。”

时间,成了一个七十岁老太太的稀缺之物,以至于不怎么吃饭、不怎么睡觉,她把自己的心分成很多份给了别人,私享的一念是读书。我给她寄过一些杂志,她望而钦慕,夜深之后慢读,指沾唾沫掀书页。她说这声音好听。

家是碗,母亲是碗里的清水。人们只看到碗,看不见里边的清水。

# 大姑姥爷

我第一次见到大姑姥爷时，他八成已六十岁了，柔软的下嘴唇松弛垂下，牙齿寥寥可数，“丝丝”地吸着气。蒙古人和藏人一样，在言语间吸着气，表达谦恭。

大姑姥爷的下唇很像阿拉法特的下唇，微笑而耷拉，但前者毫无心计，更不知戈兰高地及其他。当我看完一位美国人写的《阿拉法特传》之后，在心里对这种比较很后悔，这对大姑姥爷近乎一种冒犯。我大姑姥爷是一个对世事混沌无知的老婴儿。与之交，如《大学章句》称：“如见其肺腑然。”他对猫说话，对马、牛、驴甚至向日葵和车轱辘说话，采用不同的腔调。

譬如，当猫偷了一块肉在角落里以双爪捂着，嘴里发出威胁性的“呜呜”声时，大姑姥爷在炕头欠欠屁股，用尖细的腔调对猫说：

“哇啦嘛！咱们的猫先生何等英勇……”

他故意用文言的蒙古语来赞美猫。而“哇啦嘛”是什么呢？奥妙的语气词，很难翻译。譬如，你看到庄则栋跃起，用正手扣杀第二十五大板时，可以惊呼“哇啦嘛”表示不可思议、敬佩与赞美。同样，另一位球员以大幅度的优美姿势抽球，球漏了，球员却跌倒。你亦可淡淡地说“哇啦嘛”，讥讽有了，怜悯亦有之。此语大约与李白《蜀道难》首句“噫吁戏”仿佛。

当大姑姥爷和菜畦子里的草花——指甲桃或芍药一一说话时，嘴唇如小孩一样撅着，仿佛非如此不可与花沟通。他咕嘟着嘴，对花朵喃喃自语。倘花在风中微动，大姑姥爷感动地仰起头，闭着眼睛说："佳！佳佳！"意思是"行了，行了，好了好了"。像看到小孩学步或小叭狗为他表演钻圈。

显然，这都是大姑姥爷微醺之后的形状。他喝多少酒都是半醉，从一盅到一斤，陶然着。醉不透也醒不来。当家里的人都走了之后，大姑姥爷蹑足下地，从三节柜下拎酒瓶仰脖喝一口，喉结上下窜动两到三下。抿嘴，上炕，盘腿坐下，环视四周，下唇耷拉渐渐笑了，说，"佳！"这个"佳"，意思为"就是这样"。他用皱纹密密包裹着的小眼睛笑着，对一切无不赞美。嘴唇翕动，但不成句，然后还是"佳"，如此而已。

大姑姥爷叫什么名讳我不清楚了，但姓郑。老郑家与我妈的娘家老张家有着千丝万缕之联系。如果说，史笔不溢美亦不隐恶，那么我应该在这里说大姑姥爷这辈子没多大本事，恐怕也可以称之为"窝囊"。当然他自己并无窝囊的感觉，只是别人觉得他窝囊。

晚上，当全家人攒集炕上，在煤油灯光的飘忽里探讨治家大计时，大姑姥爷柔软地蜷在炕头，兴奋好奇地听别人发言，"丝丝"地吸着气，表达敬佩。但他从不用脑子思想这些主意的利害，只认为一切无不完满。因此可以想见他在家里没有地位，况且他酒后喜欢像外国绅士一样亲吻女性晚辈的手背，譬如我母亲乌云高娃、他的小女儿斯日古愣、二女儿乌云陶格斯、我姐姐塔娜的手背。他毫无邪念地将干燥而"肌无力"的嘴唇轻印在他视若珍宝的"伊"们的手背上，然后喃喃。

这就是我大姑姥爷。然而他并非弱智人士，他赶车、牧马和盖房子的精细手艺证明他不是傻子，而只是太诗人化了。

说他善良也不准确，因为他不知道怎样不善良。我见过他和老牛贴脸,即把自己褐紫的面颊贴在老牛的脸颊上,嘴里倾吐什么。他还用双手捧着江西腊的花瓣,用嘴亲吻;手指空中的蜜蜂,用尖细的嗓音亲昵地骂它们。

在大姑姥爷的心里(准确说是脑袋里),没有是非、善恶、美丑或利害,他一恭顺,周遭俱高大起来。他不是辨不清利害,也不是不屑辨利害,而是利与害或美与丑对他是一回事。譬如一只蚊子把大姑姥爷从醉寐中叮醒,他睁眼看到蚊子修长的高脚、精巧的翅膀网络及努力吸血的动作,他几乎要同时斥骂、嘲笑和钦佩这只蚊先生了,痒与血的损失是另一回事。

在蒙古男人中,大姑姥爷是比较不"蒙古"的男子。他骨骼瘦缩,又无霸悍气。在家里,大姑姥是至高无上的君主,永远腰身挺拔地发号施令,现在叫决策。大姑姥名红兰,白发苍苍,面色威严。你感到她身边应肃立几位脸上涂有牛血与白垩手攥长矛的南太平洋猎手。在过去的牧区,养家糊口何等不易!大姑姥爷不干什么活计,一年只去坝后拉两次青盐,其余时间俱赋闲与诗意。牧马的苦活儿由大舅昭日格图完成,放牛放羊的劳动由乌云陶格斯承担,大姑姥和舅母挤奶、熬茶与料理家务。这一切不过勉强糊口而已,全家人都在挣扎。但大姑姥爷在挣扎中却觉不出挣扎。他不止是诗人,又是哲学家,因为他对生灵太感兴趣了。一只燕子从他眼前飞过,会让他注视并思索许久,最后放松下唇,露出东倒西歪的几颗牙齿谦卑地笑了。拿喝酒来说,他把酒瓶放在紫檀木炕桌上,拉开架势端详它,用最粗野的话骂它,然后揣进怀里,复取出"咣"地放在桌上。这还不哲学吗?刘项睽视,毛蒋谈判不能出其右矣。

1969年,因"文革"的原因,我家处于最困难的时期。家父被关押,生死未卜,家母亦停职反省于"毛泽东思想大学校"。家母刚强,越是这时,越要把家里收拾整洁,而且请客人来住。大姑姥爷在那年冬天,从巴林草原蹒跚来到我家。他矮小畏缩,白天背剪双手观看风沙蔽日的赤峰街景,晚上坐在铺着新床单和塑料布的炕上饮酒。我知道,他酒后很想哭,因为担忧我父亲的命运,那时打死人的消息不断传来。但他不敢,因为我母亲的刚强有如大姑姥姥的刚强,不允许他落泪。他愁苦极了,拉着我母亲的手,用另一只手抚摸她的手背,然后次第抚摸我姐和我探出被窝的头,我妈像雕像一样无动于衷,大姑姥爷小心地叹息。

在我家,他把那双绣着云子的蒙古靴子脱在离炕很远的红箱子前,摆正,然后踮脚趋步上炕。转身抬脚,左右手分拂脚底板。再拍手,盘腿坐下。这一行径,每次都使我妈转身发笑。大姑姥爷以最大和最繁冗的礼仪表达对主人的尊重。因为把鞋放在炕下不礼貌(他认为),而拂脚与拍掌已臻清洁境地了。

"干净啊!"他常夸赞我们家。"连吐痰的地方都没有。"

大姑姥爷喜欢读书。这种喜欢近乎崇拜,即对书本和字母的崇拜。在大姑姥爷家里,一次我看见他从炕上飞跃下地,从柜里拿出一个红绸子包裹放在桌上。他在铜盆里洗手罢,手心手背在前襟擦好,以指尖拈绸布打开,取出一本精装书,玛拉沁夫的《茫茫的草原》蒙文本。他随便翻开了一页,借窗户亮光念起来,音节之间停顿很长。

"何……勃勒,蛮聂,其……格日,恩……乌……德日,包勒……(不然,我们的军队,今天就……)"

他至多念上五分钟,就心满意足地合上书本,眼里光芒四射,把书包好,放回柜里。他这时粗野地骂我一句"额何敖孙聂乎(约为——狗日的小子)",然后大笑。

前年春节回家,和我妈闲聊。我读《赤峰日报》,她戴花镜缝什么东西。我妈说:"你大姑姥爷死了。"我"嗯"了一声。因为这不算新闻,二十年前他就六十岁了。半晌,我妈没言语,抬头看,她泪淌了一脸,因为抑制哭声而颤抖着头颈。我愕然了，但终于说不出什么。

大姑姥爷太微末了。当阳光射入时，我们打扫房间，会在光线的斜柱里发现许多尘埃像闪亮的颗粒下坠。很快，一颗(也许算不上“颗”)尘埃落定了。这就是我大姑姥爷的一生，无所增减，对谁或什么都无所惊动。他如此散漫认真地活了一生。大姑姥爷对利害糊涂，但精明者虽深通利害，又焉知此时利乃彼时害，今日是却明日非呢？大姑姥爷对美和生命多么认真，倘若上帝突然下谕，说人在活着的时候笑声最多的人可升天堂，大姑姥爷就有福了。

在城市，在人对人都不肯微笑的都市，上哪里去找与蜜蜂谈话，与花瓣亲吻以及抱着老黄牛脑袋贴脸的大姑姥爷呢？

大姑姥爷，我真的很想念你了。

# 宁丁舅舅

宁丁的眉毛生得平直，像用格尺比着画的。眼睛细长，亦平直。他的嘴削薄，抿成一趟线，而鼻管垂直而下。倘用毛笔蘸浓墨在他鼻侧唇上点一顿点，这张脸就念“国”。因为宁丁的额角、两腮及下额均方正。

然而宁丁在起名字时，并未参考“国”字。蒙古人将国家叫作“沃勒斯”，一种游动的感觉，不像“国”字，恍惚文王囚于羑里。

宁丁是我舅舅，我母亲二姑姑的长子。对吾母的大姑二姑，我们分称“大板姑姥姥”和“呼市姑姥姥”。大板，非日本城市或新疆的冰川，是吾母祖籍巴林右旗的一个镇。呼市即呼和浩特，为毛延寿所误的王昭君埋在那里。最主要的，它是内蒙古自治区的首府。

宁丁长我三或四岁。我在由儿童转入少年的时期，宁丁是吾偶像。我崇拜他的尚武精神、口若悬河的表达才能与化险为夷的杜撰力。少年人，谁都喜欢言说怪、力、乱、神，言者与闻者都不困于事实或规律，因为这是闲聊激励神往憧憬。然而，在高潮迭起之后，能妥帖收尾就让人服膺了。

我们家西屋——盟公署家属院的房子俱两间，一东一西——冬天不生火亦不住人，炕上置放结白霜的黏豆包和羊腿，墙上糊有《昭乌达报》蒙文版的报纸，竖排如龙蛇的蒙古文字母间，偶尔有一两张新闻照片，是毛泽东与林彪向城楼下的什么人笑。毛的笑容宽广无遮拦，林笑起来羞涩勉强,像哪儿疼。西屋还有耗子,在秫秸与纸扎的天棚里窸窣,炕洞里有我私藏的日本刺刀一,火药枪与弹弓各一。冷风从窗户飕飕往来。万物皆备于我,开始吧。

宁丁与我都很冷静,虽然这是一场(描述的)酷烈战争的前夕。当时他约十二岁,从呼市来我家过春节。宁丁眯起眼睛——只与眯起眼睛才能透过硝烟看清阵地——双拳在胸前剧烈抖动起来,鼓起的腮帮子频出"吐吐!吐吐!吐吐!"的机枪扫射声。这是那种重机枪,带钢板(即夏伯阳指挥的那种);后来我知道此为"玛克沁重机枪"。吐吐!宁丁对着我家西屋的东北角扫射,他最擅再现战争场面,尤其是正规战争。他浑身因扫射而战栗——重机枪很难驾驭——表情惨烈之极但绝无惧色。不消说,这一阵儿两千发子弹殆尽,但子弹有的是。我深受感染,以两手在他身边传递,表示托送裤腰带式的子弹链,电影里的重机枪均如此。他挑剑眉瞪我,大吼:"别管我,你指挥三营坚守……吐吐……二一七吐吐吐吐高地。"我说:"是!"并坐在炕沿上向他敬了一个礼。原来他的重机枪不须续子弹,但三营在哪里?但我,如孔子说的"白刃可蹈也",不管有没有三营,我必须守住二一七高地,便端起三八大盖"啾啾"地散射,不料宁丁杀得性起,边射重机枪边腾出右手,自腰间掣手榴弹一枚,咬去导火索远掷。"咣!"宁丁在其"咣"中并不减少"吐吐"的频率。我抬眼看墙东北角的敌军,虽千万人,俱尸横遍野矣。后来,他索性弃掉重机枪,双手齐掷手榴弹,拧盖,咬导火索,前掷及"咣!咣咣!"极为麻利,而且掷出数量必与"咣"声相符。最后,他双手像抱一捆葱的样子,粗粗一系,即集束手榴弹,用尽气力咬导火索并推出去,嘴里发出前所未有的"咣!"声震屋瓦。

"怎么啦?"我妈突然拉开西屋门,手拿铲子,外屋传来菜在锅里的嗞啦之声。太煞风景了,我赌气不语。多么好的战争在高潮处竟被如此俗妈所掣肘。宁丁临危不乱，做出叵测的样子，对我妈说："你的，八路的干活？"我妈左右观察并无异常，说"别瞎闹"，关门走了。

战争，若想再继续已经不能了。宁丁坐在炕沿沉默着，突然鄙夷地瞅我。他始终鄙夷我，但丝毫不影响我追随他的兴趣。"你——"他傲慢地问，"知道加农炮吗？"我卑微地摇摇头。1968 年或 1966 年，宁丁已知道加农炮、榴弹炮、山炮、T-34 坦克，这不是大师吗？而我，只知道三八大盖、日本战刀和迫击炮。

我突然想起我爸说狗牌撸子很高级。"我爸说狗牌撸子……"

"屁！"宁丁断然驳回，而且说我爸说的是屁。我痛苦地忍受着他的无礼。1955 年我军授衔时，宁丁他爸是少校，我爸只是骑兵中尉。"最厉害是加农炮！"他说，用右臂代炮管剧烈伸缩，"咚！咚咚！"声音弱一些了，怕他姐即我妈干涉。宁丁的眼睛进一步眯起来，估计是炮崩的尘土所致。

"你整吧！"他或许累了，让我搞一场战争。说起来惭愧，我真没有经验，只会鬼子进村这一类简单功课。鬼子战斗帽下飘着破抹布一样的玩意，平端三八大盖前进。嘴脸要凶恶些，突出鼻下有一撮小胡的意思。

我下地，作前进状，口哼"鬼子进村"旋律。

顺便说，上面这段旋律是七十年代的中国小孩人人熟知的旋律。我们盟公署家属院的骁勇子弟用石块攻打辽河工程局家属院、气象局及外贸家属院的逆贼时，都高歌此曲，所向披靡。

我整了几个来回，宁丁又鄙夷了，说："不堪一击。"他十二岁就会说"不堪一击"，我听着像外国话一样。

这是那年冬天的事。宁丁要走了，我有些悲伤，没人鄙夷我，我也没人追随了，伟大的战争场景离我而去。在他身上，我得知自己不过是个日本军曹或伍长，所操日式步兵战法而已。而宁丁(汉名赵喜龙)是伟大的朱可夫与华西列夫斯基,能指挥多兵种协同战役。虽然,宁丁有一次喝多了果酒,祸害我爸的脑袋和耳朵,说我爸是“那大头”。我和我姐塔娜几乎下泪,但不敢言声。我爸是他姐夫,他有权破坏吾父尊严。吾父哈哈笑着,我爸这个人一遇窘境,便哈哈而笑,声音响亮干涩。宁丁走时,答应在北京给我买一个牵线的木偶。我最喜欢木偶,因为我儿时不与任何人往来,倘有木偶,就有了伙伴与救星。在车站时,我怯怯说:“舅舅,木偶……”

他不耐烦了,说:“别婆婆妈妈的。”

我等了两年,木偶终于没有寄来。

这两年意味着什么呢?挖“内人党”的运动进入关键阶段,他我两家都陷入灭顶之灾了。

三年后,他父亲和我父亲在运动中都得以苟活下来,我独身去呼市看望宁丁、姑姥姥与姑姥爷。我那时约十二岁,一是心仪宁丁风范,二在于吾母深受留洋的外祖父的影响——一定要让孩子见世面,就去了。

宁丁的家住在新城西街,有窗轩开阔的四间青砖房子,邻居为作家玛拉沁夫。宁丁之父,我姑姥爷是蒙古史专家义都合西格先生,他对北元史尤有研究,曾租住颐和园的房子写出专著《英雄陶格套传》。姑姥爷是骑兵五师的人,凡骑五师的人在“文革”中无不死去活来。这个师有中国最优秀的骑兵将领高万宝扎布、王海山、奎壁等人。青藏叛乱即被该师靖平。我献给敬爱的姑姥爷一瓶“威士忌”,他甚满意。

我在宁丁家里小住时,发现他变了,谦恭温和,虽不藐视我,但隔膜深矣。原因在于他弃武投文,跟内蒙歌舞团首席提琴家胡赛乐(音译)学拉小提琴,并学英语。我很失望,小提琴与英语,离我们共同的理想远甚。他说英语就是“盎格力士”,问我学不学。我不学,因为这是异域的陌生的语言。而小提琴,他从早到晚都在拉《牧歌》,乏味。但后来我想,宁丁在

“文革”中学小提琴与洋文，实在是英才所为，尽管这与我所认定的作为杰出将领的地位相比逊色了许多。在宁丁家里，我在姑姥爷的书房里读了许多有趣的书，如《一个预审员的笑记》、《青藏平叛记实》等。我还偷喝书房里的酒，实际姑姥姥已经发现了，但没言声。后来，我偷斟过量，满面红光地高谈阔论，他们微笑着。我十二岁，是干一些坏事可以原谅的年龄。临走，宁丁与我到乌兰信特剧场观样板戏《奇袭白虎团》，他说内蒙京剧团的李小春先生演的杨子荣，实在比童祥苓要好。在当时，这都是反动话，因此要偷着说。

回赤峰，我给他写过信，他回信说“不要写‘赵喜龙收’”，因为没有人知道赵喜龙是谁。后来，信少了。小时候，我会写的字很少，一个“舅”字很令我头痛，不易分清它与“鼠”或“鼻”的区别。

又过了许多年，我自赤峰调入沈阳后，去呼市拜访宁丁。他已是自治区广播电台汉语新闻部的主任，性情宽厚大度，很像姑姥姥。我在他家里喝了一瓶酱釉的茅台酒，宁丁沉默地微笑着，脸颊酒窝现矣。但他涓滴不饮，看我喝酒，并听我夸夸其谈，人真是怪了，宁丁沉静厚重，我却饶舌了。他岳父是自治区政府的高级官员，此酒即他岳父的家藏，比白瓷瓶茅台醇许多。我喝了一瓶酒竟不醉，下楼矫健骑车，甫出几步仆地。抬头看，竟不认识此处为何处了。我问楼前老妪：“大娘，这是哪儿呀？”她反问：“你要到哪儿？”

我无计环视，发现大门在身后。我竟摔了一个一百八十度的转折，眼角擦破了。回招待所，对镜观看伤口，自语：“喝这么多年酒，还未在脸上留疤呢。有一个甚好。”

宁丁夫人貌美贤良，名苏丽娅，女儿现在该上初中了。宁丁的弟弟，亦是吾舅德力黑，是电影放映设备方面的技师与负责人，对我友善，承赠笔砚及从国外带来的礼品。我与他们多年未见了，宁丁亦赠磁化杯与蛇皮领带给我，比木偶贵得多。近年我敷衍短文糊口，竟被亲戚看成是一种出息，惭愧。德力黑的妹妹名小妹，亦结婚生子。

日前，家母来信说姑姥爷(宁丁的父亲)患中风，因医疗费不易解决，到伊克昭盟住院。他曾任那里的文联主席。

这都是我不愿听到的消息。除了疾病之外，多么想听到老人们的好消息啊。